初心

"中国好人"王能珍的大爱人生

CHU XIN

崔卫阳　周玉冰◎著

时代出版传媒股份有限公司

安徽文艺出版社

图书在版编目（ＣＩＰ）数据

初心："中国好人"王能珍的大爱人生/崔卫阳,周玉冰
著.一合肥：安徽文艺出版社,2018.2（2022.5重印）
ISBN 978-7-5396-5706-6

Ⅰ．①初… Ⅱ．①崔… ②周… Ⅲ．①报告文学－中
国－当代 Ⅳ．①I25

中国版本图书馆 CIP 数据核字（2018）第 019687 号

出 版 人：朱寒冬
责任编辑：胡 莉　　　　　装帧设计：褚 琦
....
出版发行：时代出版传媒股份有限公司　www.press-mart.com
　　　　　安徽文艺出版社　　www.awpub.com
地　　　址：合肥市翡翠路 1118 号　邮政编码：230071
营 销 部：(0551)63533889
印　　　制：北京一鑫印务有限责任公司　　　(010) 61424266
....
开本：700×1000　1/16　印张：13　字数：200 千字
版次：2018 年 2 月第 1 版　2022 年 5 月第 2 次印刷
定价：38.00 元
....

用生命筑起党性丰碑

——《初心》序

2016年梅雨季节,安徽芜湖遭受了历史罕见的特大洪涝灾害。面对严峻汛情,芜湖上下视汛情为命令、视水情为战情,紧急动员,众志成城,互相支援;各级党组织和广大党员充分发挥战斗堡垒作用、先锋模范作用和示范带头作用,冲在最前面、抢在最险处,党旗始终高高飘扬;部队官兵火速驰援、力克洪魔,确保了不破圩、不垮坝和人民群众生命财产安全!

在这场艰苦卓绝、可歌可泣的抗洪抢险战役中,芜湖涌现出了一批奋不顾身、主动抢险、勇于奉献的先进模范。王能珍同志就是其中最为突出的代表。他在最关键的时候,潜入急流,封堵漏洞,英勇牺牲!

王能珍同志是芜湖县湾沚镇桃园村陀公自然村人,1955年出生,1972年参军入伍,在海军某部队服役,1973年加入中国共产党,1976年退伍回乡务农,直至2016年7月7日抢险牺牲。王能珍同志牺牲后,他的事迹迅速传遍中华大地。中宣部将他列为全国重大典型。新华社,人民日报,《求是》杂志,中央电视台及省、市主流媒体对他的事迹进行了广泛、深入、持续报道。全国各地网民纷纷留言,盛赞英雄壮举。中央文明委和安徽省文明委分别评选他为"中国好人""安徽好人"。安徽省委、芜湖市委、芜湖县委分别追授他为"优秀共产党员"。安徽省人民政府批准他为烈士。

王能珍是一名普通农民、普通党员、普通退伍军人。他的人生轨迹像大多数20世纪50年代出生的农村人一样,从艰辛的童年、少年,到青年时期参军入伍、加入党组织,到退伍回乡,务农、养育子女。他的一生没有豪言壮语,没有轰轰烈烈,是千千万万个普通党员的缩影——朴素平凡。

为什么这样一名普通人的离去,却感动了邻里乡亲,感动了千里之外的战友,感动了全国无数群众?这是因为王能珍同志数十年初心不改,深情爱党,平凡中孕育伟大,关键时挺身而出,点滴中折射光辉,他的壮举"一贯不偶然";这是因为王能珍同志心中有大爱,热心助乡邻,永葆赤子情,他的爱心"一生不间断"。可以这么说,王能珍同志入党43年来,时刻坚持以一个共产党员的标准严格要求自己,时刻想到自己是党的人、是组织的一员,时刻不忘自己的义务和责任,始终保持了共产党员的先进性和纯洁性,永远做党的好儿女。王能珍同志43年不忘初心,43年执着追求,他用最纯洁的心、最朴素的行动实践着对党的无限忠诚和热爱,实现了入党时的铮铮誓言。王能珍同志的事迹感天动地,春风化雨,给人们以强大的精神感召,他的身后紧跟着千千万万的后来者,他的行动"一路不孤单"。

习近平总书记在去年7月1日告诫全党:"我们党已经走过了95年的历程,但我们要永远保持建党时中国共产党人的奋斗精神,永远保持对人民的赤子之心。一切向前走,都不能忘记走过的路;走得再远、走到再光辉的未来,也不能忘记走过的过去,不能忘记为什么出发。面向未来,面对挑战,全党同志一定要不忘初心、继续前进。"长篇报告文学《初心》正是通过真实的故事、感人的情节、细腻的笔触,在字里行间翔实记述了普通党员王能珍"不忘初心、牢记使命"的点点滴滴,为我们提供了新时代共产党员永葆党性、为民服务的生动教材。

值此党的十九大胜利闭幕之际,我们要把学习、宣传王能珍同志先进事迹与深入学习、贯彻、落实十九大精神结合起来,把学习、宣传王能珍同志先进事迹与践行社会主义核心价值观的落地生根结合起来,把学习、宣传王能珍同志先进事迹与推动五大发展新理念的生动实践结合起来,把学习、宣传王能珍同志先进事迹的成果积极转化成做好当前各项工作的强大精神动力,高标准做好本职工作,为率先全面建成小康社会而努力奋斗!

贺懋燮

2017 年 10 月

他的一生

没有什么惊天动地的大事

大凡是一些平凡、琐碎的小事

而这些小事串联起来

就是一个不平凡的人生

引　子

2016 年 8 月 3 日,一阵雷雨呼啦啦地冲洗着合肥。

安徽大剧院内,许多人眼含热泪,不停地抽泣。他们被一场报告会打动了,这是一场隆重而肃穆的先进事迹报告会,主题是王能珍舍身抗洪救灾的先进事迹。

61 岁的王能珍,是一名退伍老兵,是一名有着 43 年党龄的老党员。他朴实,朴实得如同家乡田野里的一棵小菊花;他热心,热心对待身边每一个人。

2016 年暴雨肆虐江淮,为了乡亲们的安全,王能珍几次跳进冰冷的河水里,以生命谱写了悲壮。

王能珍的女儿王志萍声音哽咽。她说,父亲从宁波回来后就奔赴抗洪一线,直到牺牲,自己都没来得及为他做一顿热饭……

王能珍的儿子王成元泪水如注。父亲的教诲让自己茁壮成长,多想为他递上一杯热水,给他一个深情的拥抱。可是,再也见不到他了。

1500多人静静地听着,每一个人都为之落泪。王能珍作为一名老党员、一名老兵,在危急关头挺身而出、英勇牺牲的光辉形象,深深地拨动着大家的心弦,令人敬仰。

报告会前,时任安徽省委书记王学军、省长李锦斌、省委副书记李国英亲切接见了王能珍的老伴付德芳及其子女。王学军在了解王能珍的为人后,对他的个人品质由衷地敬佩,并代表省委、省政府对他表示深切怀念。

……

走近王能珍,我们能感受到一位平凡党员不平凡的初心。

第一部　赤子心拳拳

1　汪溪河畔的童年

爱你柔柔的情怀
爱你淳朴的品格
我苦涩的童年里
有碧波流过

汪溪河,在中国版图上找不到坐标,但是在王能珍眼里,它是一条美丽、质朴的河流。

王能珍对汪溪河有着深厚的感情。小时候,夏天,他几乎天天在河里捉鱼摸虾。他善于游泳,能一口气在水里憋3分钟,大家送他一个外号叫"水猴子"。汪溪河给了他甜蜜的记忆,也让贫苦的日子有了鲜美的味道。

清晨,河水清澈见底,能够照出人的影子来,鱼儿在小河中快乐地游来游去。

王能珍赶着一群鸭子走了过来。鸭子自由自在,他心里也格外愉快,不禁轻轻地哼着歌儿,顺着河岸走着。

小河像绿色帐幔间的一根银弦,淙淙流淌,欢快跳跃。

一不小心,王能珍在一个杂草丛生的沼泽地里摔了一跤。爬起的时候,腿上被什么深深地刺了一下。低头一看,只见一条长长的蛇哧溜一下蹿走了。

他情不自禁地大叫一声:"啊呀,我被蛇咬了——"

"什么鸭被蛇咬了?"正在附近种地的张朝剑问道。

"不,不是鸭被咬,是我被咬,我的腿出血了,好胀。"

"你被咬?"张朝剑便问,"有没有看到是什么蛇咬的?"

"我不认识,颜色有点青黄,不像水蛇。"

"没事的,我们这儿没什么毒蛇。"张朝剑安慰着。

王能珍一听宽心了,清洗一下伤口后继续放鸭。走了几步后,被咬的地方胀痛严重,越肿越大,头有些眩晕。他感到不妙,便又朝张朝剑喊起来:"张伯伯,张伯伯,我的腿好痛,胀得要命!"

张朝剑跑过来,一看伤势,一把将王能珍抱起来:"不要放鸭了,赶快回去叫你爸送你去医院。"

"伯伯,疼得不行,心里好闷,眼睛看不清了。"

张朝剑见情况不好,想到紧急处理被蛇咬的法子,便找根绳子将他的腿部包扎了一下,然后背着他往家里跑。倒在凉床上的王能珍,都没什么力气说话了。

父母都在田里干活,听到儿子被毒蛇咬了,脸急得一下就白了。慌里慌张地跑回家,一看儿子昏迷不醒,急得不知该如何是好。

"家里还有一担稻子,我挑到隔壁村老齐家恳请他换点钱。"父亲王雾云心急火燎地把家里仅有的一担稻子扒出来,挑着就往外走。

"都什么时候了,还来得及去换钱? 去县城有二十里路,来不及,快到老莫那里去看吧,莫医生是我的亲戚,钱的事我来跟他说。"邻居小六子看着满头大汗的王雾云,一把拉住他的担子。

老莫是大队的赤脚医生,住在不远的村里。王雾云背着儿子就往外跑。

莫医生一摸,发现王能珍烧得发烫,心里一下没底了:"乖乖,怎么被咬得这么严重,这种毒蛇很少见。"

"莫医生啊,求求你,快帮我救救孩子吧!"王能珍的母亲哭喊着,内心无限痛楚,把希望全部寄托在莫医生身上。

"伤势这么重,时间有些长了,这样的蛇伤我也没见过,弄不好误了时间!"莫医生心里十分没底,"你最好还是送到湾沚去,若能来得及就是命大。"

湾沚是芜湖县县城所在地。

"这到湾沚哪来得及呀?莫医生,还是你给我们想想办法吧,真要是没得救,我也不怪你,那是他的命!"王雾云含着泪,狠心地说道,希望莫医生能够出手。

莫医生知道王雾云一家的为人,见他说得也有道理,真要送湾沚的话,估计不到湾沚县医院人就走了。于是,他鼓起勇气,坚定地说:"那我就全力以赴吧!"

他迅速将伤口划开进行消毒,同时进行吊水、贴药等必要的治疗。

时间一分一秒过去,所有人的心都在悬着,都在为这个可怜的孩子默默祈祷。

王能珍兄弟姐妹八人,他排行老五。由于家里贫穷,相比其他兄弟,王能珍更是命途多舛。刚出生不久,母亲奶水不够,就将他送人哺乳,寄人篱下;4岁多的时候遇上了三年困难时期,吃不饱、穿不暖;7岁时同龄人大多去上学,而他却因为家里兄弟姐妹多、父亲年迈,没有条件去上学。

从会走路开始,这个穷苦农家的孩子就一直帮着家里干农活,过早地承担着生活重担。

吊管里的水一滴一滴快速滴着,滴落在人心里。大家盼望着这孩子能睁开眼睛。一直到了半夜时分,伤情还是没有好转。

"24小时内如果醒不过来,就难了。"一直熬夜的莫医生把王雾云夫妇拉到一旁,心酸地用低沉的声音告诉他们。

王雾云的眼泪哗哗地下来了:"五子是我家最懂事的孩子,也是我最大的希望,你一定要帮我抢救过来,我把房子卖了也把钱给你。"

"放心吧,我一定尽力而为,现在不是钱的事,看他的造化了。"

24小时很快过去了,王能珍依然没有醒过来。好在他的生命还在延续,这也是一种希望在延续。

王雾云夫妻俩一直守在儿子的身旁,一刻也没有离开。看着吊管里一滴滴快速下滴的水,他们心里暗暗滴着泪,暗暗地祈祷。

又几个小时过去了,王能珍还是没有醒来。

"五子、五子!"母亲在他耳畔轻轻呼唤。她的内心无比悲痛,觉得把这孩子带到人间,让他受的苦太多。多么希望他能睁开眼看看亲人啊,她要加倍偿还属于他的母爱。

"这样吧,尚庄的尚老先生看蛇伤有名,要是能请他来看看或许有办法。不过他很忙,不一定有时间过来。"莫医生也深深地叹了口气,"看来你们只有抬过去,用凉床将他抬过去,尽最后一把力吧。"

"我们没钱啊,一个穷家,到处借债,再到哪里能借到钱呢?"王雾云夫妇一脸茫然,不知如何是好。

"说实在的,其他人我也不管了,因为你们为人没话说,我到时跟他说一下,钱先欠着,有钱再给!"莫医生后面的语气很低,很悲痛,"现在不是钱的事。"

一路小跑,他们将孩子抬到十几里外的尚庄。尚老先生一看,犹豫了半天,才对王雾云夫妇说:"你们做好两手准备吧,我先给你们开一个方子,给他用上,如果再有一两天不醒,就只有安排后事了。"

从希望的云端跌落下来,王雾云夫妇同时瘫了下去。旁边的人将他们拉了起来。

在尚医生的医治下,又过了一两天,王能珍的伤情不仅没有什么起色,生命征象反而更弱了。

"趁着他还有口气,让他回家吧。"尚老先生无奈地告诉夫妻俩。

王雾云夫妇一听这话,哭个不停,声音沙哑地问:"一点办法都没有?求求你,哪怕让他醒来与我们说句话也好啊!"

"这孩子真可怜,我看过很多蛇伤,但很少见到这么严重的,也不知到底是什么蛇咬的。"尚老先生见他们特别伤心,病又没治好,便对他们说,"抬回去吧,你们家这么困难,看病的钱就不要给了。"

怀着巨大的悲恸,王能珍的父母无可奈何地将孩子抬回家。有人建议还是抬到县城的大医院作最后的努力,父亲看看他青白的脸色,摇了摇头,脸上挂着泪水说:"这是天不留他,家里其他的人还要过日子。"

家人把他放到门外,接受阳光沐浴,任凭老天来取。随后,王雾云又在他经常放鸭放牛的地方选了一块地方作为他的坟地。

如此凄惨,村庄落泪,白云呜咽。

亲戚朋友都赶来,他们想趁王能珍还有一口气的时候,和这个懂事的孩子见上最后一面。大家无不眼泪汪汪,内心悲痛。

当所有人都绝望的时候,也就是王能珍被咬第四天的中午,温暖的阳光静静地照着,意想不到的奇迹出现了,王能珍的眼皮突然轻轻地跳动了一下。

"他爸,五子刚才眼皮跳了一下,你快来看!"一直守候在王能珍身边、双眼不眨地盯着儿子的母亲有了意外发现,激动得热泪盈眶。

"是不是看花眼了?不是在做梦吧!"父亲匆匆过来,看着儿子眼睛依然紧闭,失望地说。

"不是做梦,是真的!"

没想到,几分钟后,王能珍的眼皮又跳动了两下,接着便有想睁开眼的样子。

"五子醒了,五子醒了!儿子啊,天在救你,菩萨在保佑你呀——"

母亲大叫起来,眼泪飞到了儿子的脸上。

众人一起围拢过来,兴奋、期待!

王能珍慢慢地微微睁开眼睛,醒了过来。

"五子呀,你醒了呀,你的坟都选好了啊,我以为你真的不行了!这是老天有眼啊,把我的五子又从鬼门关那里送回来了,天啊,谢谢你啊!"母亲悲喜交集,满眼热泪,对着天地跪拜起来。

家里人轻轻将他扶起,有人将烧好了的山芋稀饭端来喂他。王能珍轻轻舔了舔干裂的嘴唇,吃了起来。

"这孩子命真大,大难不死,将来一定有出息!"听到喜讯赶过来的邻居也兴奋地说道。

又是几天过去,王能珍症状逐步消退,身体也恢复正常。儿子活过来了,一家人不知有多高兴。

"儿啊,你挺过一个鬼门关啊!"望着蓝蓝的天空,母亲眼里满是欢喜,深情地对王能珍说,"你要好好地活。"

2 笃厚的家风

我感恩天空　你博大
我感恩大地　你宽厚
我感恩亲人　给了我一切

经历一次生命大劫,10多岁的王能珍显得比同龄人更懂事、成熟。

他知道家里的苦,他体谅父母的辛劳。他觉得自己的命是捡回来的,更要为家里多付出一些。他对待村子里的人也格外热情,谁有困难他总是热心去帮助。

"五子啊,你真是捡了一条命啊!"正在放牛的郑达洋对他说道。

"是啊,是啊!"王能珍回答道,眼睛里含着泪花,"您忙您的吧,牛我帮您看着。"

"捡回的命,就是要我去感恩,对吧?"在河畔,他抬头望着南飞的大雁,悄悄询问。

大雁排成整齐的"人"字,那么美!

14 岁那一年,看到家里困难,王能珍要求去泾县挑石子修铁路。父母担心他稚嫩的肩膀吃不了那个苦,但他毅然地去了。

泾县是山区,道路崎岖,挑着沉沉的石子,王能珍累得佝偻着腰,但他都咬牙坚持下来。

把石子铺上路,他不知流了多少汗。但想到自己这么小就能为家里做点事,心里比什么都甜。

挑了一段时间的石子后,他又到林场当伐木工人,因为挣得多。这是一个吃苦的活,砍树、扛树,手上、肩上磨出了一道道厚茧。

出力太多,他累得黑瘦黑瘦的。母亲心疼,说道:"五子,你别干这活了,太苦!"

"没事的,妈,干一阵子就会好,肩膀要出力才强壮呢!"他宽慰着母亲,笑容是那么灿烂。

两年的伐木时光一转眼过去了,大山深处,留下了他深深的足印。

16 岁那年,王能珍正式到生产队参加生产劳动,与大人一起挣工分。他割稻、插秧都是一把好手,村子里许多媳妇插秧都比不过他,便问他有什么诀窍。

"哪里有什么诀窍? 我只是一直埋头干活不抬头啊!"他憨厚一笑。

"不抬头,腰不痛吗?"姑娘媳妇们问他。

"忍着啊!"他回答得很干脆。

因为他为家里多挣了些工分,这个贫苦家庭的生活逐步有些改善。然而,一个灾难突然降临:饱经磨难的王雾云患上了癌症,发现时已经是晚期。

一个晴天霹雳!

绝症也要治,孩子们梦想着父亲的病也有奇迹出现。家里值点钱的东西都变卖出去,同时又借了一批新债。

父亲倒下了,再也下不了床,孩子们知道父亲已时日不多,都力尽孝道。懂事的王能珍只要不下田干活,就床前床后照顾着父亲。

有人告诉他说甲鱼能治癌,王能珍仿佛看到了父亲康复的希望,急忙跑到河边,卷起裤管下水摸甲鱼。

腿冻得通红,却什么也摸不到。他知道,这季节甲鱼都躲到泥里去了。

他借来鱼叉,天天下河去叉鱼。

汪溪河水位下落,露出河床,冻得像冰冷的铁块。他穿着靴子,来到浅水滩,一叉一叉在水中探着。靴子渗水,脚冻得失去了知觉。

天下起了雪。开始是小雪,随后鹅毛大雪纷纷扬扬,整个世界不一会儿就变成了白茫茫一片。

王能珍不忍回去,想着父亲能吃上甲鱼,想着父亲可以康复,他一点也不觉得冷,一直在雪中叉着。

突然,钢叉磕上了一块硬物,感觉又不像是石头。他内心一阵窃喜,双手一用力,拔出来一看,果然叉到了一只甲鱼,黄黄的背壳,白白的底板。

一路上不知有多高兴,他跑着回家,似乎感觉父亲能得救了。快到家门口的时候,忍不住喊着:"妈,甲鱼,有了甲鱼!"

换了一个口味,父亲吃了不少。看着父亲吃的神态,王能珍的心里比吃了蜜还甜。

第二天，雪后初晴。父亲起来晒太阳了。

老大王能宝带来一个照相的。全家人坐在一起，拍了一张全家福。

天气极其严寒，屋檐下的冰凌参差地挂着，久久不得融化。父亲的脚始终冰凉。王能珍每天晚上便和父亲睡在一起，将父亲的脚紧紧地抱在自己的怀里，为父亲驱寒。而父亲总是以微弱的声音与他谈话，嘱咐他要老老实实做人，要继承王家的淳朴家风。

在这村子里，仅他们一户王姓。他们祖籍在江北的庐江。

20世纪30年代，日本侵略中国，抗战全面爆发。为躲避战乱，王世才带着儿子王雾云等家小，挑着一担箩筐下江南，租用地主家的田地维持生计。

王世才和王雾云有一手弹棉花的好手艺，农闲时便没日没夜地外出弹棉花挣点钱补贴家用。由于是外来人口，他们格外谨慎，寒冬腊月到谁家弹了棉花，只要看到他家困难，自己再困难也不要人家的钱。很快，他们和当地融为一体，和谐相处，没人把他们当作外乡人。

新中国成立后，王雾云因为热心、有能力，被推举当上村民组组长。他更加宽厚待人，时刻告诫家人要珍惜新生活，真诚待人。谁家有困难，哪怕是要饭的人开口要米，只要米缸里有，他都不会拒绝。

在这个家庭里，尊老爱幼是一种代代延续的传统。吃饭时，长辈不上桌子晚辈绝不上桌，上桌后长辈不动筷子晚辈都默默等待。

王世才、王雾云到江南后，当时由于各种原因，王雾云的二弟还是留在江北，这件事成了父亲王世才的一个心病。因为家里穷，二弟一辈子没有成家，孤苦伶仃一人，寄居在一间破烂的草房子里。后来身体又不好，不能正常从事生产劳动，靠人家的一点施舍维持着生计。王世才去世后，王雾云怕二弟出意外，专程到江北将他接到自己家里住并养着，还发动子女一起尽心照料二弟一直到他去世。

二弟临终时非常想家，希望能叶落归根。王雾云把二弟的遗言当作圣旨一样。当时交通条件差，他就用小船将二弟的灵柩从芜湖渡江运回老家，吃尽了苦头，因为过度劳累还生了一场大病。

虽然自己大字不识，但王雾云非常重视文化。再苦再累，他也要让儿女们一个个到学校读书。八个子女中，除了王能珍没有进校门，其余七人都上了学，特别是大儿子王能宝还考取了宣城师范学校，轰动十里八乡。

王能宝毕业时，抗美援朝战争还未结束。在父亲的鼓励下，他毅然报名参军，成为一名志愿军。

进入军营后，王能宝在军事技术上刻苦钻研，拥有过硬的专业技术。1956年，为期一个月的华东地区高射炮打靶比赛在上海月浦机场举行，他在比赛中获得优异成绩，为部队立了功，被部队评为二级技术能手。

1958年，王能宝从部队复员后重新回到教育战线，当起小学教师，后来因工作需要，先后做过档案员、公社秘书和民兵营长，后又赴省排涝队做过排涝工作。1966年他又回到家乡，担任松园大队书记。他对所干的每一项工作都认真负责，每份工作都干得很出色。

王能宝每到不同的岗位，王雾云总是教导他说："作风要务实，只有作风务实了才能让人信得过。"

想起父亲艰辛、朴实的一生，王能珍的内心多么希望父亲不要遭受病魔的折磨，他总是用温热的胸脯温暖着父亲的心，希望延长他的生命。

然而，再温暖的亲情最终还是没能感化无情的病魔。不久，父亲在亲人们的泪水中永远地闭上了眼睛。

就在父亲走的那一刻，王能珍还在用他的胸口为父亲的双脚驱寒。当他意识到父亲的脚再也焐不暖的时候，他一下子扑到父亲的身上，双手捧着父亲的脸痛哭不已。

父亲走了,这么个债务累累、八九个人生活的贫困大家庭将何去何从?

虽然自己还没有真正长大,虽然还有几个哥哥,但王能珍觉得不能有依赖思想,他主动将家里的重农活承担起来。

冬天的风在大地上呼啸,王能珍手脚冻裂了也不会闲着,为家里打柴、挑水,尽量让家人生活得好些。

3 参军,时代的呼唤

你的名字那么神圣

走近你,是一个梦想

年轻的血液,在激荡

长兄如父。父亲去世后,王能宝将上代的家风又在兄弟们和自己的子女中传承。农村人常常为琐事吵架,王能宝总是告诉兄弟们:"我们家里几代都没人跟别人打过架、吵过嘴,现在我们家兄妹多,千万不能和别人打架吵嘴。"遇到村里有打架吵嘴的事,王能宝总是公平公正地劝解。

正是因为家风淳厚,王家受到了全村乃至周边村的赞誉和尊重。不仅老大王能宝成了党员,老二也入了党,并担任圩长、村委会主任等职务,尽职尽责为大家服务。

默默干着农活的王能珍,以大哥、二哥为榜样,不与人争吵,热心地帮助有困难的人。自己没有读书,怎样才能实现自己的抱负,为家乡、家庭做出贡献呢?他内心深处向往绿色的军营,那里是锻炼人的熔炉,是那么令人向往的地方!

1972年的征兵来得很迟,年底才开始。

王能珍想应征,但觉得自己没文化,没有信心,母亲和大哥、二哥都鼓励他报名。

"妈,我担心自己没文化是一个方面,假如我去部队,家里农活怎么办呀?"

"你去了部队,也就等于上了学,能学到许多东西,家里有我们几个哥哥呢。"大哥安慰他。

报名那天,阳光很暖和,家乡的山山水水都是那么明朗。王能珍的心怦怦直跳,激动异常。

每一项检查都是那么严格。作为一个贫下中农的典型代表,王能珍顺利通过政审,荣幸地应征上了。他也是这一年全村应征上的唯一一员。

12月7日,深深镌刻在王能珍的记忆里。

阵阵鸡鸣声中,天亮了,路面轻染晨霜。县人武部、公社和大队的领导及办事人员早早地到来,18岁的王能珍这一天正式参军入伍。

几乎所有的村民都挤过来看热闹。王家老五参军了,这是一件大喜事。堂屋正中央,王能珍被簇拥在众人之间。他穿上厚厚的军棉大衣、军棉裤,戴上了军棉帽。

"老五平时还看不出来,今天军衣一穿真是太帅了。"一位亲戚夸赞道。

"能珍平时在村里就是第一俊,今天穿上了军装,更是不得了,我想这到部队后戴上五角星、佩上领章那就更不知帅到哪里去了。"又一位亲戚接了茬。

说着,有人又给他胸前别上了鲜艳的大红花,红花映衬着他的脸庞,更显帅气。从里到外,一个崭新的形象出现在众人的面前,惹得村里的姑娘们谁都想多偷看一眼。

王能珍内心无比激动,他觉得能成为一名军人真是太光荣了,暗暗告诉自己:到部队后一定要好好干,好好学,听党的话,听毛主席的话。

鞭炮、锣鼓热闹地响起来。在大家的簇拥下,王能珍离开了村子。

风在林间轻轻地吹,清澈的汪溪河静静地流淌。

不舍之情涌上心头,王能珍回望着村庄,默默告别。

别了,汪溪河;别了,亲人们!

母亲追了上来,一把拉住王能珍的手,说:"儿呀,你就要离开妈了,到了部队就给妈写信,不会写叫战友帮你写。你爸走得早,我们这样穷苦的家庭能当上兵,是做梦也想不到的事!到部队后好好学,好好练,让你爸在那边也高兴……"

说了千言还有万语。母亲一路随行,一路流着泪,一路说个不停,生怕有什么话忘记交代。

到了赵桥公社,王能珍和二十多名新兵被集中接走了。

母亲站在那,眼含热泪,挥着手,目光久久地停在儿子前行的方向。虽然看不到他们的身影,但她能感受到儿子的前行。

新兵到了县人武部,大家异常兴奋,互相介绍着。这时,一个熟悉的身影来到了正在说笑的王能珍眼前。原来,母亲在儿子出发后转身又跟着来了,同行的还有大哥、二哥和一些亲戚。

"儿啊,这张照片我给你带来,想家的时候就看看。"母亲递过来一张全家福,王能珍看了看照片上逝去的父亲,看了看兄弟们,然后揣在了怀里。一股酸酸的感觉涌上来,他擦擦泪花,说道:"放心,到部队我一定好好锻炼,为家争光。"

下午,新兵们被送到芜湖市的长江码头,等待来接他们的轮船。王能珍第一次看到长江,它是那么长,看不到头,望不到尾。

"我住长江头,君住长江尾。日日思君不见君,共饮长江水。此水几时休,此恨何时已?只愿君心似我心,定不负相思意。"身旁一位新兵触景生情,吟诵起来。

王能珍听不懂,但他的心像滔滔江水,久久不能平静,不禁感叹,祖国的山河真是神奇、伟大!

"来了,来了,就是这艘船。"看到一艘大轮船缓缓地向岸边靠来,王能珍沉浸在无比兴奋之中。

"战斗 82 号。就这艘,没错!"新兵们大多和王能珍一样,没见过长江和这样的大轮船,纷纷赞叹。

船是从长江上游一路带兵过来的,靠岸后,王能珍和大家依次上船。

"到了,到了——"突然有人兴奋地嘀咕了一声。大家都侧眼朝船室唯一的小窗口望去。

"南京长江大桥!"有人激动地小声说,"太漂亮啦!"

王能珍也忍不住朝那个方向望去。啊,南京长江大桥就在眼前! 这是从广播里常常听到的名字,它在王能珍心里是那么神圣!

夜晚的大桥灯火辉煌,犹如一道天堑,雄伟壮观,绚丽多姿。王能珍心里突突直跳,无比自豪!

家,越来越远了。过了南京,王能珍伴着滔滔的江水渐渐入睡,一路上都是绚丽的梦。

第二部　我爱海蓝蓝

1 初入军营

阳光下的摸爬滚打

是最美的记忆

挥汗如雨的时光

我们把友谊珍藏

感谢有您,我的军营

感谢有您,我成长的地方

江水昼夜奔涌,滚滚东流。

轮船载着青春飞扬的新兵,朝着大海的方向驶去。

第三天早上,王能珍服役的部队到了。这是海军东海舰队航空兵高炮独立第六营,前身曾是抗美援越部队,在枪林弹雨中做出过巨大贡献和牺牲。1969年回国后解散,1970年经批准重新组建,担负守卫东海的二级战备任务。

部队所在地在浙江省东北部舟山地区(现舟山市)的岱山县桥头镇。和王能珍同期入伍的新兵们是驻岱部队的第一批新兵,班长及排以上干部都是援越老兵。

岱山县所在地岱山岛,是舟山群岛第二大岛,四面临海,西南距宁波大陆74千米,坐客轮要六七个小时。

舟山群岛是浙东天台山脉向海延伸的余脉。在一万至八千年前,由于海平面上升,将山体淹没,才形成今天的岛群。群岛的最高峰是桃花岛的对峙山,海拔540多米。整个群岛属于低山丘陵地貌类型。潮流把大量泥沙搬运到群岛的隐蔽地带沉积,把几个岛屿连接起来,形成岛上的堆积平原。舟山岛、朱家尖、岱山岛都是由于堆积平原的扩展形成的大岛。

看了长江，又看到了美丽的大海，从未出过远门的王能珍心潮澎湃，心中感谢着军营。

当军轮靠岸的时候，锣鼓阵阵，鞭炮声声，先期到达的部队官兵夹道欢迎新兵。看到这样热闹的场面，王能珍内心暖暖的，感觉像回到了自己的另一个家。

王能珍所在的独立营下面有三个连，每个连下有四个排，即一排、二排、三排和一个指挥排，排下分别有四个班。三个连成"品"字形布局，中心为飞机场。他们的任务就是监视海峡敌对势力的航空目标，保卫机场的安全。

使命特殊，独立营相当于副团的级别，其重要性由此可见。

虽然眼前是一片荒芜，但王能珍觉得什么都是新鲜的，浑身充满激情。迎新兵大会在荒草萋萋的野外大广场举行，营长致欢迎辞，他铿锵有力地说："虽然我们来自五湖四海，但我们的目标是一致的，都是为了实现革命的理想而来。你们今天来到这里，就是一名真正的新兵，是中国人民解放军的一员了，我们为你们能成为一名新兵而自豪！"

强烈的自豪感在王能珍的心里油然而生。

营长接着又宣布："我们要从一个社会青年转变为一个坚强的革命军人。因此，部队首先要安排你们到新兵连进行为期三个月的集中训练。新兵连的训练非常艰苦，但一个真正的革命军人是不怕吃苦的，是战无不胜的……"

王能珍坐在营地上，竖起耳朵聆听，心潮一次次涌动。"一个真正的革命军人是不怕吃苦的，是战无不胜的"，这句话就像一颗钉子深深地扎进了他的心里。

新兵连的训练确实辛苦。立正、稍息、齐步走、跑步走以及打背包等，都是高密度、高要求，不得有一丁点瑕疵。无论累到什么程度，即使是哪里受了伤，没有特批也不得请假。这种强化训练的一个重要的目的，就是塑造士兵的坚强精神，培养士兵的军人气质。

冬日的山峦沉浸在晨雾之中，格外幽静，远处传来大海的涛声。新兵们带着几天的疲劳正沉入梦中，突然一阵急促的哨声响起，空气中都是紧张的气息。这是紧急集合的号令。

睁眼一看，天还没亮。他们一个个不敢怠慢，几分钟之内，全部进入集合地点。

第二天，天刚蒙蒙亮，集合的号令又响起，简单队列后进行长跑的体能训练。新兵们拖着处处酸胀的身体，开始了人生的第一个长跑训练。

队伍在教官的带领下沿着指定路线，按照同一速度、同一步调进行，全长8千米。

连绵的山岭拥抱着他们，远远的浪涛声在为他们鼓劲。

这些新兵，虽然大多数来自农村，但过去几乎都没有参加过长跑运动。不到两三公里，许多人就吃不消了，他们张着嘴喘着粗气，尽力跟上队伍。

"肖平贵！跟上！"教官一声命令。

肖平贵张着大嘴，喘着粗气赶了赶，跟了上来。可是，马上又落下了，腿是那么沉重，像灌了铅一样。

王能珍虽然在老家没进行过长跑训练，但从小干惯了体力活，此时并不觉得太吃力。他见肖平贵老是掉队，忍不住拉他的手带一把。肖平贵被他一带，轻松许多。不到十来秒，教官眼睛一瞥，王能珍紧张得手一松，肖平贵就掉了下去，由于没有把握平衡，他的身子一倾，便摔倒在地上。屁股撞得重，痛得他"啊哟"一声爬不起来，胳膊也摔破了。

"肖平贵,跟上!"教官对他发话。

教官的话没有丝毫同情,更不容抗拒!肖平贵只得忍着痛和王能珍又跑起来。

连续五十分钟的跑步终于结束。还没完全到终点,人就倒了一半。肖平贵赶紧脱了鞋子一看,原来脚被磨破了。

"不许倒下!"教官又一阵厉喝,"我们是人民解放军,跑这么点路就倒下,以后还怎么打仗?"

所有人一骨碌爬起来。一个个大汗淋漓。

"这三个月除休息日外,每天都有长跑训练,并且还会逐步加大距离。"教官说。

几个轮回的训练下来,肖平贵终于体力不支,瘫倒在地,怎么也站不起来,王能珍准备扶他。

"王能珍,归队! 肖平贵,站起来!"教官训示道。

王能珍紧张地退回去,肖平贵听到教官命令,一咬牙,一骨碌站了起来。

下午 5 点半,艰苦的训练终于结束了,大家各自拖着疲惫不堪的身子散去。

训练时倒了下去的肖平贵跌跌撞撞,艰难前行,快到宿舍门口时又不小心踩了一块小青石,滑倒了便爬不起来。王能珍只好扶着他慢慢走。

"肖平贵,你过去没干过多少体力活吧?"王能珍问。

"没、没有。"肖平贵喘着粗气对王能珍说,"这么繁重的训练,你怎么像没事一样呀? 看来我撑不下去了,真的想回家,回去讨个老婆过日子算了,这里太苦了。我晚上就打报告。"

"你怎么能说这样的话? 能参上军是多么不容易的事,这一点小小磨难就退缩啦？跟你说实话，比起这个，我小时候的磨难不知大到哪去了。"

"难怪你显得若无其事一样！"

"革命军人战无不胜，我们是怀着崇高理想过来的，和过去老一辈革命家吃的苦相比，我们这算不了什么，相信我们眼前这一关挺一挺，挺过去就没事了。"王能珍鼓励着他。

经他一说，肖平贵想回家的念头打消了。回到宿舍，王能珍为他上药，进行了包扎。

肖平贵很感动："幸亏有你这个战友，让我有了家的温暖。"

晚餐的哨令响起，大家纷纷去食堂。

"走，开饭了。"王能珍对躺在床上的肖平贵说。

"我的脚这个样子，实在走不动，我不吃了。"

"这是部队命令，迟了要受批评的。不行的话，我背你吧。"王能珍做出背的姿势对他说。

"我真的去不了，不能走路。批评就批评吧！"

"不行，你怎么能这样呢？"王能珍郑重地说，"我们即将成为真正的革命军人，是战无不胜的。军人，首先是意志上要坚强，快起来吃饭！"

听他这么说，肖平贵努力地爬起来。立起身时，脚是抽心地疼，他便咬着牙，一只手搭着王能珍的背，依靠着他一瘸一拐地行走。

当他们来到食堂时，全连所有新兵都到了，一桌一桌整齐划一地坐着，五菜一汤已经上齐。所有人都在注视着他俩。

顿时，两人像犯了大错，战战兢兢，汗不停地流。

"王能珍、肖平贵，你们迟到了整整一分钟，这样的组织纪律能成为合格军人吗？这样的状态将来能上战场打仗吗？晚上你们俩分别写个检查，作个思想检讨。"教官严厉地批评。

"我……这……"肖平贵想解释，但又不敢说话。

大家静静地吃饭。

"对不起，王能珍，我连累你了。"走出食堂，肖平贵抱歉地说。

"没事的，战友间应该互相帮助。"王能珍安慰着他。

王能珍心里也难受，刚到部队，本来想好好表现，却第一个犯错误，要做检查。

晚上训练结束，两人将检查递了上去。

月光淡淡的。面对一脸愧疚的肖平贵，王能珍镇定地说："我们努力改正吧！毛主席说过，知错就改仍然是个好同志。"

2　爱钻的钉子精神

> 走近榜样　我明白了高尚
> 走近榜样　我理解了坚强
> 信念在心底流淌成力量

经过这次教训，王能珍增强了纪律观念。他想用加倍努力和优秀的表现来弥补自己的错误。

新兵连集训点靠近海滩。这里地形复杂，海岸线蜿蜒曲折。正常天气时风景也很美，但风雨天气特别多，一旦发作，沙砾横飞，打在脸上生疼，进入眼睛更是难受。在这样的环境中训练，就是要训练士兵对特殊天气具有极强的适应能力。

除常规体能训练和列队等训练外，士兵还必须经过各种形式的辅助性体能训练，如耐高温、耐严寒、抗眩晕等，这些同样是对海军陆战队员身体素质的最基本要求。在这些训练中，耐高温是最严酷的，它的标准是在烈日下能顶住三四个小时的暴晒。

再苦再累王能珍都能挺住,再恶劣的情况,他都不说一个"不"字。长跑、队列、耐高温、耐严寒、抗眩晕等各项技能,他进步都很快,常常被教官表扬。

每逢休息日,战友们都想好好休息一下,但为了达到最好效果,王能珍像一个累不坏的骡子,总是独自一人对自己薄弱的地方进行反复练习、巩固。某个动作掌握得不熟练,即使睡在床上、走在路上,他也都在琢磨。

每天晚上7点开始基本的政治思想素质教育。一是了解国际国内形势,二是背诵《三大纪律八项注意》等一系列内容。

王能珍没读过书,几乎不识字,背起这些内容比别人要难得多,但他苦学好问,不认识的字反复问战友,同时还用自己的一些独特办法来记。

这一天,晚霞格外绚丽,将碧海青山都染红了。

"一道残阳铺水中,半江瑟瑟半江红。可怜九月初三夜,露似珍珠月似弓。"许道清吟诵起来。

许道清与王能珍是同一连的,也来自芜湖。

"哟,真是秀才啊,你这是读诗吧?"王能珍问道。

"是的。唐朝诗人白居易的《暮江吟》,大概就是在这样一个傍晚,他看到江水被染透,有感而写。你看,写得多美:一道残阳渐沉江中,半江碧绿半江艳红。最可爱的是那九月初三之夜,露水似珍珠,朗朗新月形如弯弓。只是,他看到的是江,我们看到的是海。"

"他这么一写,让我想起了家。"王能珍说,"什么时候教我学诗吧?"

"好啊,挺佩服你,学习劲头就是足。"

王能珍挺高兴的,拉着许道清的手:"走,开班会去!"

班会按时召开。

"今天的班会我要通报一个事情。"教官的目光落在王能珍身上,说道,"王能珍同志刚到集训连的时候,由于违反纪律而受到批评,但今天我要作一个通报表扬,他虽然没有读过书,但他的条例却背得最好。"

会场响起了热烈的掌声。

教官示意安静,问道:"这是什么精神?这就是一种钉子精神。我们战士有了这种钉子精神,什么都能战胜。希望全体战士要向王能珍同志学习,学习他这种爱钻研的钉子精神……"

指导员让王能珍发言。他"啪"地站起来,不知如何表达,在大家的一阵掌声鼓励后,他平静下来,说:"我……我确实……只是比大家用的时间多一点罢了……"

又是一阵热烈的掌声。王能珍有了勇气,说道:"我没有文化,但我在这个环境中受到大家的感染与帮助,现在也认识了一些字,我为能到这个军营感到无比的光荣和自豪。我取得的这点小成绩,要感谢大家。我会继续努力,谢谢可爱的军营!"说完,他行了一个标准的军礼后坐了下来。

班会结束后,大家集中观看电影《雷锋》。

第一次看完这个电影后,王能珍仿佛受到新的洗礼。他暗暗告诉自己:雷锋是个军人,自己也是个军人了,雷锋能做到的,自己一定也能做到。毛主席说,向雷锋同志学习,一定要把雷锋作为自己的榜样。

过了几天,王能珍和战友们又在看电影《董存瑞》。"卧倒!卧倒!快趴下!!"随着天崩地裂的一声巨响,敌人的暗堡被炸毁,董存瑞用自己的生命为部队开辟了前进的道路。当看到这一情节时,王能珍的心都要跳出来了,仿佛自己已融入真实的战斗之中。

董存瑞站在桥中央,左手托起炸药包,使其紧紧地贴着桥底,右手拉燃导火索,最后和碉堡同归于尽的英雄形象永远地刻在王能珍心中。他热血沸腾,觉得就要做这样的军人:在祖国需要的时候敢于为国牺牲。这才是一个真正的军人。

"我一定要做一个真正的军人,不怕苦,不怕累!"王能珍心底暗暗发誓。

晚上,他做了一个梦,梦到自己在战友的火力掩护下,一会儿匍匐前进,一会儿又借着战友扔出的手榴弹的烟雾,站起来一阵猛跑。最后他被敌人的炸弹炸醒。

《黄继光》《邱少云》《上甘岭》等电影,都给了王能珍无限的力量。革命理想在他的心中悄然生根、发芽,茁壮成长。

三个月的集训很快就结束了,王能珍被分到三连二排四班的三级高炮班,成为一名真正的海军战士。

领到鲜红的领章、帽徽时,他激动得无以言表。滚烫的泪水滴落在脚下,他望着大海,那么蔚蓝,那么壮阔,那么浩大!

连队生活更加规范,一切军事化。新兵连除基本训练依然进行外,还要重点进行军事技能训练,如轻、重武器射击以及泅渡训练、越野训练等基础科目训练。

越野训练中,每人全副武装负重20公斤5千米越野,时间不超过二十分钟。此外,每天的基础科目训练还包括俯卧撑、仰卧起坐、挥臂、跨步、蹲下与起立,这些项目每个都要训练一两百次。

这天,训练结束后,本该休息,突然警报响起,部队进行紧急集合演练,要求战士们紧急打上背包,扛着枪全副武装赶到指定地点。

20千米的越野行程,战士们都累得难以扛过,但王能珍却体力不减,总是冲在前面。

班长郝庆禄看在眼里记在心上,悄悄地问他:"告诉我,你怎么有使不完的劲?"

"我来自穷苦家庭,从小吃的苦比这大多了。不掉队、不落后,才能对得起党,对得起毛主席!"王能珍发自肺腑地说。

班长感动了,看着他好久,紧紧地拥抱着他的肩膀说:"你一定会成为一名好战士!"

3　打靶比赛第一名

踏着坎坷　脚步铿锵
悬崖上的花朵
更经历雨骤风狂

1973年6月,岛上的阳光开始强烈起来,起伏的山峦在阳光下显得格外青葱。

山青青,海蓝蓝,天地一片纯净。几只海鸥在大海上飞翔,悠闲、自在。

王能珍独自在海滩上跑着,脚上拖着沉沉的沙袋。经过这样的训练,他的耐力和弹跳力非常好。

新兵下连队已经三个月了,部队决定进行一次轻武器打靶比赛。

各连各排各班都非常重视,希望能在这个比赛中取得好成绩。训练的强度在加强,频次也在增多。

王能珍心里既激动又紧张,他的技术在自己连队里是最好的,在整个独立营里会怎样呢?他希望用优异的成绩回报家乡那一双双期待的眼睛。为此,他练得非常刻苦,还喜欢琢磨,吃饭时拿在手里的筷子他悄悄比画成了枪支,晚上睡在床上,也在静静思考枪位枪法。

比赛开始了。

"8环……9环……9环……7环……"记环员一个个地报着。

三连已有多人上去比赛,成绩都不理想,亲自坐镇的张继康连长和指导员表面镇定,但心里焦急不安。在他身边的几个排长、班长心里也是七上八下,手心里直冒汗。

"7环……8环……"记环员继续报着。

"这怎么打的?今天是怎么了?平时不是这样啊!"张连长终于忍不住抱怨,用责怪的眼神看了看身边的排长和班长。

"还有个种子选手在后面!"郝庆禄告诉道。

"谁?"

"王能珍!"

"下一个参赛选手是来自三连二排四班的王能珍。"主持人介绍道。

王能珍也有些紧张,他看了看班长,班长朝他竖起大拇指,鼓励着,仿佛在说:"你可要为我们班争光啊!"

真正将枪握在手中时,王能珍一下就进入了状态,似乎忘记了比赛,很平静。

"10环!"记环员突然把声音放大了,全场掌声爆发。

"10环,连长,10环,王能珍,二排的……"战士们大声地对连长说。

"10环,10环,我们连好样的!"连长高兴地说。

掌声和着涛声,一阵又一阵。王能珍不为所动,反而显得更加镇定,接着又打了4靶,5靶居然打了49环。

"5靶打了4个10环,1个9环,神枪手啊!"掌声一浪又一浪,欢呼声一阵接一阵。

海面上,浪涛滚滚。

比赛结束,王能珍名列整个独立营的第一名,三连总成绩也是名列前茅。

"王能珍,你给我们连立了大功!"全连表彰会上,连长亲自给他佩戴大红花。

"我们连获得这样的大荣誉,是王能珍和战士们勇于拼搏的结果,现对二排四班予以表彰,同时给予王能珍同志嘉奖一次。"连长激动地说。

四班的战士站成一排,自豪地敬着军礼,那么标准,那么帅气!

"王能珍来自安徽一个贫苦家庭,是一位没上过学的同志,能有这样的好成绩,是很不容易的!今后我们一定要向王能珍同志学习,学习他肯吃苦、爱钻研的精神,学习他关键时候沉着冷静的心理素质。同时也希望王能珍同志戒骄戒躁,继续刻苦努力,争取今后获得更大的成绩,为连队争光!"连长高兴地宣布,"今天我们杀一头猪,犒劳大家!"

战士们都知道,杀猪那是过年才有的待遇。晚上,军营里像过节一般,激情燃烧,快乐无比。

"王能珍,你大会上不愿谈感受,现在给我们说说吧!"战友们说。

"真没什么好说的,就是多练!"王能珍有些腼腆。

"不要保守嘛,连长说了,向你学习呢,你说一说,我们好学习啊!"

王能珍知道推让不了,便说:"此刻,我为大家唱首歌表达我的内心吧!"

"好,好,好!"餐厅里掌声响起。

王能珍站起身,深情地唱起来——

　　我是一个兵

　　来自老百姓

　　打倒了日本侵略者

　　消灭蒋匪军

　　我是一个兵

爱国爱人民

革命战争考验了我

立场更坚定

嘿嘿枪杆握得紧

眼睛看得清

谁敢发动战争

坚决打他不留情!

这是集训时学会的,当他唱了几句后,战士们也跟着唱起来。

歌声飞扬,在悠悠海风中飘得很远很远。

第二天,排长宣布,鉴于王能珍枪法优秀和比赛时的突出表现,决定让他参加五大枪的验枪工作。

验枪是一种荣誉,只有枪法准的人才有资格参与。

一个接一个的荣誉,一个接一个的表现,一阵又一阵鼓励的掌声,让王能珍非常激动,他没想到通过自己的努力,能取得这样的成绩。他感谢部队对自己的培养,他明白努力就有收获,他领会了许道清对他说的"天道酬勤"的含义。

他很想念逝去的父亲。如果父亲在,得知自己的进步,他该多么高兴啊!遥望家乡的方向,他默默地说道:"爸,儿子在部队没有给您丢脸。"

4　学习雷锋好榜样

你是启明星　给我方向

迷茫时刻　你让我明白

乐于助人　才有资格叫高尚

秋天,山上的枫叶开始变红。

这时的岱山岛好像婉约的女子,妩媚多姿。看吧,山挺岭卧,刚柔相济;树秀水蓝,神韵无限。

肖平贵从书上了解到岱山岛的传说,便问战友们:"你们知道岱山岛被称为什么吗?"

大家摇摇头。

"蓬莱仙岛!"肖平贵自豪地说。

"骗人,蓬莱仙岛只是传说,现实中没有!"一位战友说道。

"你说对了一半! 相传公元前210年,秦始皇东巡江南,在今天的镇海东观沧海,望浩瀚东海中有缥缈'青螺',有仙山幻觉。回去后,一直念念不忘。九年后,他派方士徐福率三千童男童女入海,求三神山长生不老药。三神山就是蓬莱、方丈、瀛洲。据考证,其中蓬莱山就是现在的岱山。"肖平贵说得绘声绘色。

"我们在神山当兵啊!"王能珍一听,感到很骄傲。

"可不是吗,我们使命神圣啊,看这绝美风光,谁敢侵犯!"许道清目视远方,坚定地说道。

战士们无心欣赏美景,一面沐浴着凉爽的海风,一面进行各种军事训练。

一天,部队突然下达紧急任务,王能珍所在连队的营房要迁到山上。

连队所在地一山接一山,其中有一个山头叫癞头山。山顶有两个篮球场大小的机场,山下是营房。

山不算高,海拔100多米,但只有一条陡峭难行的路。考虑到晚上空中若有紧急情况,士兵不能及时到达,部队决定将营房迁至靠近山顶的山腰平台。

营建营房,要将山下的石头、沙子、水泥等运上去。接到任务,战士们没有一个退缩,王能珍更是一马当先,扛起石头来总是比人家扛得大,跑得快。

一个来回要二十多分钟,每扛一个来回,战士们都累得拖不动脚。

由于任务紧迫,为节省时间,炊事兵用桶装着饭菜送到山间工地。王能珍总是咬着牙干,很少休息。吃饭也是最后一个来,吃的冷饭多。山里的风大,风吹起的沙砾落进碗里,不知不觉就吃进肚里。

有时候,他干完活跑过来,桶里已经没有饭了,他就饿着肚子继续干活。

这样的次数多了,有战友就关心地告诉他,下次一定要早点过来吃饭。王能珍笑了笑,说没事。

"你老这样饿着干活,会把胃饿坏的。"

"我呀,小时候胃饿习惯了,就那么一阵子饿感,过一会儿就没事了。"王能珍摸摸胃部,自信地说道。

有一次,又没有饭了。一个战友给他送来一个饭缸。王能珍接过来一看,里面剩下一半。

"这是你的,怎么给我吃?"王能珍不解地问。

"你看看你已经瘦得不成样了,这是留给你的。不吃饭铁打的人也不行啊!"

王能珍心里十分感动,坚决推让。但战友说:"你再不吃,我也不会吃,就倒掉。"说着做出要倒的样子。

"我吃,我吃。"王能珍一把接过来,心里暖暖的。

干完活,大家准备回去休息一会儿。路上,看到几个人在拼命地搬石头,原来是山下的陆军兄弟部队在盖一个猪舍,由于施工场地车不能进入,只能人工搬运。

饿得发慌的王能珍二话没说就抢步上去帮忙,一同的几个战友也纷纷加入。对方问是哪个兄弟部队，他们学雷锋都不说，一直干到深夜。

第二天一早，没怎么休息的王能珍和战友们又投入到营房建设中去了。

经过几个月的努力，六间营房终于在规定时间内建成。

营房搬到山上，吃水成了问题。平时的吃水、用水都靠战士轮流到山下的水井或水库去挑。

挑水是个重体力活，大家宁愿去参加训练也不愿干。看大家对挑水感到有压力，王能珍便每天悄悄早起挑水。

"王能珍，你真是雷锋啊，什么时候起来的？怎么又把水打好了？"肖平贵看到自己的盆里分到了洗漱用水，感激地说，"虽然我们没有你力气大，但你这样我们过意不去呀！"

"你起来我怎么都没听到动静呀？"另一战友接过话说。

"是啊，王能珍，这水老叫你一个人挑，把身体累坏了，我们都没办法跟部队交代呀！"

"没事的，我在老家也是早起干活，习惯了，到时候就醒。睡不着，不如干点事儿。"王能珍一面说一面继续给大家的盆里分水。

"今个星期天，就想多睡会儿，你们在这儿搞得叽叽喳喳，让人怎么休息？"一位略胖的战友迷糊着眼睛，有些恼火地说。

"对不起，我今天不小心声音搞大了。"王能珍急忙道歉。

"你不为大家做点事，还有脸说人家干事的？真是狗咬吕洞宾，不识好人心。"肖平贵打抱不平地对胖战友说。

两人为此争起来。班长过来了，把说风凉话的胖战友一顿严肃批评，随后对王能珍说："以后你也别再多累了，挑水是大家的事，轮到谁就由谁干。"

第二天、第三天，王能珍还是静悄悄地将水挑上来。

见王能珍无怨无悔地做好事,说风凉话的胖战友渐渐地从心底里敬佩起王能珍。

"我错怪你了,开始认为你是故意在领导面前表现,原来你不是这样的人。"胖战友说,"明天开始,你醒后也叫上我,我和你一道去挑水。"

"好啊!"王能珍见战友理解了自己,非常高兴。

第二天,王能珍又早早起床了,本想叫上胖战友一道,见他睡得正香,便又一个人悄悄地下山去了。

当天夜里,王能珍在营房外站岗巡逻。来接岗的是胖战友。交完班离开了一会儿后,忽然听到有人跟上来了,那人惊慌地说:"王能珍,我怕,我不站了。"夜色之中,胖战友在抹汗。

"你怎么啦?"

"那里有坟,我看见鬼了……"

"什么,鬼?世上哪里有鬼呀!"

"真的,真的!我胆都吓破了,那坟里有东西在动。"

"说什么话?你思想有问题,疑神疑鬼的干什么?"王能珍不满地责怪。

"真的啊!"胖战友差点哭了。

"别怕,我们一道去看看。"

胖战友便心惊胆战地跟在王能珍后头去了。当他俩接近那坟地的时候,果然一个人影从坟墓边一蹿就不见了。胖战友惊得浑身发起抖来,话都不敢说。王能珍端着枪一个飞步就蹿了过去:"什么人?给我站住!"

王能珍担心这是潜入进来的敌对分子在伺机搞破坏活动,一种神圣的责任感让他毫不畏惧,他牢牢地端着枪在那一片坟地边转悠。

由于部队营房搬来,这一块坟地被要求迁走,新坟都迁走了,有一些老坟正在迁的过程中。

四周静谧,半人高的杂草丛中传来蛐蛐儿的鸣叫。王能珍端着枪对着杂草丛一边划一边寻找,嘴里呵斥着。

当他扒开一个草丛的时候,一口废弃的黑黢黢的棺材和一堆白骨在透明的月色中显现出来,一个黑影从侧面的草丛一蹿向外跑过去。

"站住,不然我开枪了!"

"我,我……"黑影听说要开枪,吓得停下来,双手捂着头站立不动。

"什么人,干什么的?"

"我,我是……我是盗墓的……"

王能珍一听是盗墓的,走了过去。

"我不是坏人,是家里老娘生病,没钱看,没办法,只得到这里来看看,能不能找到值点钱的东西。"

王能珍仔细检查,得知他是不远处一个渔村的。

"你们为什么不去捕鱼挣钱呢?"

"我,我也有病,是寒病,不能下海。"

透过月色,王能珍见他是个老实巴交的村民,便从口袋里掏出几元钱给他,说道:"回去吧,这样的事今后不要做了。"

胖战友惊魂未定,说道:"我是真怕啊!都是扒开了的坟。"

王能珍无奈地说:"我陪你站吧!"

夜色森森。两位战士屹然挺立,迎接着清晨的第一缕阳光。

5 从不识字到写家书

有种毅力叫磨砺锋出

有种坚持叫水滴石穿

天道酬勤金石开

不愧人生搏几回

　　周末,王能珍、陶传文、许道清三人聚在一起聊天。有说有笑,是那么快乐。

　　许道清和陶传文在三连指挥排,因为他们都来自芜湖,有着共同的乡音,所以休息的日子在一起交流得比较多。

　　山腰上比翼盘旋着两只鹰,它们舒缓、悠闲、惬意地在平静的半空中飞翔。

　　王能珍目光随着山鹰在转动,啧啧地赞道:"它们真勇敢!"

　　"能珍,你最近表现这么好,写封信,把这些告诉家里,也让家里人高兴高兴。"许道清说。

　　"不,不,这只是一点小成绩。"王能珍说。

　　"道清,你的文笔好,你帮他写一封。"陶传文说。

　　"可以,这个小忙我包了……不好,没烟了。"一说到要写信,许道清条件反射似的摸起自己的口袋。

　　陶传文对他看了看:"烟鬼,烟瘾又来了!"

　　许道清接着又摸摸另一个口袋:"唉,这个月五块钱的津贴又花光了,没饭吃还成,没烟抽这是要我的命啊!"许道清一时六神不安,却又无可奈何。

　　"我这有,你拿去用吧。"王能珍见许道清没钱买烟焦急难受的样子,便从自己的口袋里掏出五元钱递给他。

　　许道清望着他。

　　"不用还了。"王能珍强调着。

　　"不不不,你省吃俭用存下来的钱,我不能花的呀!"许道清摆摆手。

"我不抽烟,津贴用不掉,你就用吧。"对王能珍来说,五块钱在家里都很少见过,对战友他却毫不吝啬。

"我帮你把家信写好,算是给我的报酬吧!"许道清故意说道,想让他把成绩向家里汇报一下。

"这么点小成绩向家里报,这不是沾沾自喜吗?别被我几个哥哥骂了吧!"王能珍坚决拒绝,"你们又会背诗,又会写文章,我差远了!"

"王能珍,你别低调啊,你现在可以背好几首唐诗了。"许道清说道。

"真的啊?"陶传文不敢相信,"背给我听听!"

"我背一首李绅的《悯农》吧。"王能珍清了清嗓子,背了起来,"春种一粒粟,秋收万颗子。四海无闲田,农夫犹饿死。锄禾日当午,汗滴禾下土。谁知盘中餐,粒粒皆辛苦。"

"了不起啊!喜欢这首诗,难怪你掉一粒米饭都要捡起来塞进嘴里。"陶传文由衷感叹。

"捡饭粒倒不是因为喜欢这首诗,我不会背这首诗前就有这习惯。在我家,从来不允许小孩子随便掉饭,掉了要捡起来吃的。"

"真是勤俭的家庭啊!"两位战友同时感叹。

这一天,训练结束。阳光明媚,小鸟在枝头雀跃。

许道清迈着轻松的步子来到王能珍的宿舍。

王能珍听到许道清的声音,将手中的东西往被子里一塞。

"什么好吃的?见了我还藏呢!"许道清笑着走过来,将被子掀开。

"能珍,你进步快呀,这么短时间就能写信,看来我们的书都白读了。"看到王能珍刚刚写好的一封书信,许道清赞赏起来。

"别夸我,我怎么能和你比呢,你堂堂中学生,大知识分子,我就是认了几个简单的字啊!"王能珍谦虚地说,"没有你的指点我哪能进步啊!"

王能珍能写信的消息在部队不胫而走,这可是很鼓舞人心的。一个一字不识的新兵几个月后能写家书了。

新兵连集训的时候,常常进行政治学习。每次学习,王能珍最愧疚的就是自己不能像其他战友一样一边学,一边记笔记。他暗自下了决心要去识字,虽然集训内容一个接一个,根本没有多少时间来学习,但他把门楼、墙上的标语如"毛主席万岁"等字词句用笔描摹下来,揣在口袋里。只要有一点空闲,他就请教这个是什么字那个怎么读。

晚上关灯睡觉前,他都要把纸条上的字默记几遍。天一亮他就醒了,醒来第一件事是把纸条上的字再默念几遍,并用手指在床上比画着。

真正让王能珍学识字、学文化是到了连队后。连队有个识字班,让一心渴望识字的王能珍犹如久旱逢甘霖,他第一个报名学习。

参加识字班后,王能珍克服一切困难,每次都是第一个到,最后一个离开。为了进步,他买了本字典放在床头,有时间就学习。

过去,家信是由许道清代写。随着识字的增多,王能珍自己写,许道清为他修改。这一次,他独自写好了家信,而且文字通顺。许道清为他的进步高兴,打趣地说道:"看来现在开始我就失业了,你的信不用我代写了。"

"哈哈,还早得很呢!"王能珍说道。

"再给大笔杆子肖平贵看看,他一定很高兴。"

说曹操曹操到。这时肖平贵过来了。

本来以为肖平贵看过信后能赞美几句,没想到他一脸的不高兴。

"怎么啦,拉这么长的脸?"许道清不解地问,"人家在向你请教呢,怎么这样?"

"我呀,要受难啦。"肖平贵终于开口。

"你受什么难呀,有我们在,什么事解决不了?"许道清说。

"我被发配了。"肖平贵泄气地说。

"发配? 你个大文豪,部队难得的人才,哪个敢发配你呀?"王能珍问。

"刚刚排长正式找我谈话,要把我派到宁波的农场去种田。"肖平贵说。

"你在城里长大的,压根儿没下过田,怎么叫你种田呢,这不大材小用吗?"许道清不解地说。

"正是因为我没种过田,才叫我去接受锻炼的。哎呀,种田我是一点都不懂,怎么种呀!"肖平贵很伤心。

"我来部队之前,一直种田,也算是个种田能手,我来和排长说说,让我去得了。"王能珍见肖平贵一脸的苦闷,便说道。

"估计不行吧? 部队的安排一般是改不了的。"肖平贵有些丧气。

"我去试试。"王能珍说着跑开了。

等他到了班长那边,还没开口,班长就把他的美意顶了回去:"王能珍,部队这样安排肯定是有道理的,这是命令,能朝令夕改吗?"

王能珍碰了一鼻子灰回来。他知道自己这事办得有点糊涂,就宽慰肖平贵说:"既然派你去了,你就放下一切思想包袱去干,是金子到哪里都会发光的。"

"关键是我一点都不懂种田,会犯错误的。"肖平贵有些委屈。

就在这时,另一个排的战友走过来,听说后劝道:"种田比养猪好,我刚到部队不久,就被安排养猪。当时一听啊,就想卷被子回家,说心里话,猪场里那味儿我闻一下心里就作呕。"

"他在一排。"王能珍给肖平贵介绍说。

"当时也是王能珍开导我,我就去了,没想到去后很快就适应了,我的猪养得特好,现在想想也是好事,多学了一门技术,也算个专家。我想,退伍后我回家就干这一行,一样为国家做贡献啊!"

"他说得一点没错,让你换个工种,大的来说是为部队、为国家做贡献,小的来说是学一门新技能。"

在战友们的开导下,肖平贵接受了挑战。

去农场后,肖平贵就给王能珍写信。王能珍把回信当作锻炼识字的好机会。"大雁南飞了,天气即将转凉,战友啊,你可安好?再大的困难也要挺住,维护祖国的安宁是我们的责任。"王能珍写道。正是通过一来一往的书信,万能珍的认字能力和表达能力提升得更快。

6　党旗下的宣誓

渴望的心中
一个声音在颤抖
我要靠近你
让自己的脚步有方向

因为表现出色,班长郝庆禄推荐王能珍为新兵的第一批入党青年。这对王能珍来说是莫大的鼓励,他总是利用休息时间去做好事,他发自内心感激这个集体。

有一天,王能珍找到许道清,犹豫了一会坚定地说:"道清,能不能指导我写入党申请书?"

入党是一件无比光荣而神圣的事,许道清看了看他,不禁说道:"入党,我都不敢想啊……"

"我大哥、二哥都是党员,四哥也快入党了。我虽然没什么文化,但我追求进步,入党的心是真诚的!"

"其实,我也曾想过入党,但总觉得自己还不够条件。"许道清说道。

"我们首先要积极申请,只有申请了才能时时处处严格要求自己。没批准,说明我们做得不好,需要努力!"王能珍充满情感地说,"我觉得我想得没错,我一定要积极争取加入中国共产党,一生忠诚于党,为党服务。"

王能珍一席话激励着许道清,他突然有了勇气:"你说得对,我们都申请!"

申请书写好了,心扑扑直跳,两人的手紧紧握在一起:"我们一起努力,相互鼓励!"

申请书递交后,王能珍怎么写的就怎么去做,时时刻刻按党员的标准去要求自己。

当时,部队训练时间安排得很紧。正常一天下来,大家都感到很辛苦,但王能珍不顾劳累,抓住中午休息和晚饭后的空闲时间学习文化和政治理论。有时天刚亮,战友们还在睡觉,他已趴在床前如饥似渴地学习。在自己的积极努力下,他政治上进步很快,思想觉悟有了更大提高;在军事训练中,他更是不怕苦、不怕累,不怕烈日晒,不怕海风吹。

有一次,连队搞紧急集合演习,王能珍严重感冒,烧得很厉害。

班长一摸他的额头,禁不住说道:"啊呀,好烫,快去看医生。"一再告诉他不要参加演习。他坚持要去,和战友们全副武装一跑就是十多千米,冷汗湿透了衣服。

在当天的政治学习会上,班长将王能珍的表现告诉大家。他说:"王能珍总是刻苦学习,虚心上进,不仅军事技术优秀,思想觉悟也有极大提高,政治上进步很快,懂得了为谁当兵、为谁打仗。"

大家要王能珍说几句。他站起来,深有感触:"我小时候,家里很

穷,我放牛、修路、伐木、插秧,想打仗都没枪啊!现在,党和国家给了我
们锻炼的机会,无私地培养我们,我怎么能不努力呢?"

年底,王能珍被连队正式批准入党。许道清也入党了。他俩是全营
新兵中第一批入党的仅有的两人。

"我志愿加入中国共产党,拥护党的纲领,遵守党的章程,履行党员
义务,执行党的决定,严守党的纪律,保守党的秘密,对党忠诚,积极工
作,为共产主义奋斗终生,随时准备为党和人民牺牲一切,永不叛党。"
入党宣誓的那天,王能珍面对着党旗光荣宣誓,热血沸腾。

宣誓完毕,王能珍把一个月的生活补助全部交了党费。

晚上,召开新党员政治学习会后,大家一同观看电影《闪闪的红
星》。

"我们是党的人了,要为部队多做贡献。"听到妈妈对潘冬子说的这
句台词,王能珍觉得这话仿佛是对自己说的。他激动地拉着许道清的手
说:"现在我们也对党旗宣誓了,是一名真正的党员了,我们一定要说到
做到,多为部队做贡献。"

许道清点点头:"我们相互监督,一起进步!"

从这以后,王能珍的口袋里始终都揣着红红的党章。他觉得这党章
就是一个圣物,他要天天去诵读。

王能珍和许道清入党的消息在老家传开,乡亲们感到很高兴。

一同去参军的陶传文没能入党,王能珍决定帮他进步。

陶传文的数据分析技术是相当好的,王能珍觉得要从思想政治上去
感染他。

有一天,连队要抽调十人学开汽车。陶传文对学开车非常感兴趣,
便报了名,他满怀希望。然而结果公布,他被淘汰了。陶传文内心受到
不小的打击,闷闷不乐。

"选上的十人中,好几个人不比我强啊!"陶传文一肚子的委屈,向前来安慰他的王能珍大倒苦水,"这不公平啊!"

"军人的天职是服从命令,服从安排。如果我们连这一点都做不到,还配做一名军人吗?"

陶传文低头不语。

"大海浩瀚,是因为它博大,容纳百川。我们作为一名军人,一定要相信上级的安排是经过慎重考虑的。退一步说,即使领导考虑欠佳,有失公平,我们也要理解,经受得起委屈,这也是一种考验。"

王能珍的开导让陶传文豁然开朗。他站起来,望了望蔚蓝的天空,然后行了一个标准的军礼,对王能珍说道:"王能珍同志,我错了,从此以后我以你为榜样,严格要求自己,向党组织看齐。"

半年后,王能珍成了陶传文的入党介绍人。

7 耀眼的军功勋章

军功章的风采
染红了青春梦想
前进的风帆　鼓满
年轻的力量与向往

几场风雪过后,时间的脚步迈进了1974年。

士兵们熟练掌握了各项技能,同时各种比赛不断,挑战着他们的青春与激情。

六七月,进入大比赛的时期。

一场野营拉练赛在骄阳中展开。比赛要抢占一座100多米高的山头,全连战士要将六门火炮人力拉上去,各班还要将几十箱炮弹人力扛上去。

整个山岭沸腾起来。各连各排各班的战友们你争我赶,一个个汗流如雨,谁也不愿意松下一口气。

在扛炮弹时,王能珍划破了手,鲜血直流。班长劝他休息,他简单包扎后继续战斗,一直坚持到最后,圆满地将火炮阵地构筑完成,率先完成任务。

接下来是游泳比赛。平时,三个连在一起进行过游泳比赛,不论是在海里还是在水库,一连都略胜一筹,因为一连的蔡小伟和余邦庆两个战士游泳水平很高,被大家喻为三国时水军名将蔡瑁、张允。

三连格外重视这次游泳比赛,连长动员讲话:"大家都说一连游泳实力强,但我们军人要善于战胜强者。强大并不是不可超越的,只要我们发扬艰苦奋斗和顽强拼搏的苦练精神,任何奇迹都可能出现!"

王能珍使劲地鼓掌,暗暗下决心要好好去拼搏一番。是啊,自己从小在汪溪河里泡大,肺活量不比任何人差,要提升的关键是游泳技术。

认识到自己的短处后,王能珍认真请教,比赛前没日没夜地泡在水里苦学、苦练。

比赛开始了,美丽的海滩上洋溢着激情与力量。海浪奔涌,沙鸥飞翔。

呐喊声中,一连的蔡小伟、余邦庆游在了最前面,三连的王能珍排在第四位。就在离终点10来米的时候,王能珍一个侧翻,潜入水下,接着浮起头来,仿佛有了助推器一般,他"唰唰唰"地向前飞进,在离终点只有三四米的时候,王能珍一下蹿过第三名,接着超过紧随蔡小伟之后的余邦庆。

"王能珍,加油!王能珍,加油……"几乎全场的人都在为这个冒出来的黑马而欢呼。

王能珍沉着冷静。在最后一秒，他一个发力超越了蔡小伟。

"第一名，王能珍，9分26秒。"裁判高声喊着。

班长激动得紧紧地抱住王能珍："王能珍，你不愧叫能珍，你的名字倒过来就是'真能'啊！看来连长又要杀猪了！"

接下来是重武器比赛，也就是双管三七炮打靶比赛。这个比赛是三场大赛中规格最高的比赛，由东海舰队牵头。整个东海舰队有二百个班参加。

这种打靶打的是空中目标，也就是飞机拖的靶。炮靶比起普通的枪靶打起来要难得多，它需要六七个人相互配合，一炮手负责击发，二炮手负责炮管高低，三炮手在一炮之后负责目标的距离，四炮手负责速度和方向，还有五、六、七炮手分别负责装炮弹、运送炮弹等工作。因此，打炮比赛拼的不仅是技术，更是一个团队相互配合的默契。

在三连二排四班，王能珍是一炮手。因为脚踩开关操作的时机太重要了，早了目标没到，迟了目标就瞬间过去了。这不仅要有定力，还要有那么个特殊的感觉。

为迎接这次重大比赛，在东海舰队为独立营争光，部队进行了演练。

演练是实弹射击，飞机在高空飞行，各炮台进入准备战斗状态。炮声震天中无法听到指挥和战友的说话声，只能通过手势和表情来判断。

一阵炮火过后，演练告一段落。大家准备休息，细心的班长突然大叫一声"不好！"。原本展开的炮闩仍处于关闭状态，这说明炮膛里有未发射出去还没有爆炸的炮弹！

班长急得大汗直冒，炮弹必须在最短时间内从炮膛取出并抛到指定地点，稍有失误，就可能导致人员伤亡。

"报告班长，我上去！"王能珍自告奋勇。

时间就是生命！可是当王能珍去拨门闩的时候，紧张得手上全是汗，拨了几次都因为打滑拨不开。

秒钟嘀嘀嗒嗒在快速飞跑，王能珍的汗水也是往下直滴。他反复擦拭手上的汗水。大家的心都吊到嗓子眼，这时，门闩"啪嗒"一声打开了。

王能珍抱着随时就要爆炸的炮弹，狂奔到指定地点。随着"轰"的一声巨响，大家悬着的心终于落地。

爆炸的余音中，班长冲向王能珍，紧紧地抱住他长时间不放，全班的战友也一起上去，团团地抱住王能珍。

"惊险，惊险，太惊险了！"大家松开后，班长连声地说。

经历这次事件，大家的整体能力突飞猛进，相互配合更加默契。

正式比赛开始了。各个连队都高度重视，尤其是一连，想在这次打靶比赛中把游泳比赛的失利扳回来。

辽阔的大海，蜿蜒的海滩。一门门高炮依次排开，年轻的脸庞神采奕奕。

晴朗的天空硝烟弥漫，震耳欲聋的炮声淹没了汹涌的涛声。飞机拖着大大的拖靶，带着轰轰震耳声疾速飞过。

这些画面，过去只在电影里看到过。如今置身这样的环境中，王能珍似乎忘记了一切，只想到自己要如何击中目标。

比赛进行到三分之一，还没有一个靶子被打下来。

终于轮到了三连二排四班，各炮手早已等得心急，王能珍更是渴望一展身手。

"一炮手、二炮手、三炮手各就各位！"班长兼指挥紧张有序地指挥着。

"一炮手准备完毕！"

"二炮手准备完毕！"

"三炮手准备完毕！"

……

天际之中，一架飞机的轰鸣声由小及大，空中的有形目标由远而近。

时间一秒一秒地流淌，各炮手眼睛没有时间多眨一下，心都悬在空中。

"二炮手抬高，四炮手向东偏移……"班长根据飞机的走向继续不停地指挥着。

"四炮手再向南一点点……一炮手，一炮手准备——"

"开火——"就在那一瞬间，班长大声喊道，干脆、果断。

早已把握目标走势的王能珍一踩发射开关，炮弹迅速发射出去，刹那间，目标被准确击中，靶子燃烧起来。

"击中啦，击中啦！"海滩靶场一片欢呼。

炮声过后，大海的波浪也一浪比一浪高，阵阵涛声仿佛在为这首次击中而鼓掌。

"好！好！好！"心突突直跳的连长看到天上的烟火喜不自禁，笑容映照着蓝天。这火仿佛烧进了他心里，激荡着他的血液。

整个比赛结束，参与此次比赛的二百个班共打中五个靶，而三连四班在不同气象条件下打中了两个靶。

第六独立营三连四班一下子誉满整个东海舰队。

不久，东海舰队举行了团级以上高射炮总结表彰会议。东海舰队司令员马龙特别表扬了六营三连四班，表扬了王能珍和战友们。

热烈的掌声中，部队领导给四班颁发了集体奖，记集体三等功一次。同时，号召各兄弟部队向他们学习。

王能珍成了"名人"，他和全班战友到各地进行巡回演讲和训练表演,得到一致好评。

成绩好了,上级的期待与要求也更高,王能珍肩上的担子更沉重了。他工作和训练起来不要命,日复一日的超负荷训练,加上部队生活条件艰苦,他常常感到胃部疼痛。为不影响班里的训练,他经常一面捂着肚子一面坚持参加训练。

1975年初,在王能珍的模范作用带动下,三连四班又展开了热火朝天的大练兵。王能珍还常常有一些独到的灵感,他和战友们在一些项目上大胆革新,技术上有了许多新的突破。

连长了解到情况后,要求他把这些技术写成教科书,在连队中学习。

面对一个又一个荣誉,王能珍十分谦虚。他总是说:"荣誉是大家的,是我们这个集体的。我只不过是当了一炮手,换谁当一炮手,在我们这个团结配合的集体中都会出成绩。"

8 抢修民房

军爱民 民拥军
军民鱼水情深
美好家园 和谐春风

1974年夏季的舟山群岛,风雨比往年更频繁。

这天下午,突然又刮起强台风,紧接着电闪雷鸣,暴雨倾盆。

第二天凌晨三四点,警报响起,部队紧急集合。一座营房和一个炮台严重受损,某些部位出现坍塌,必须立即抢修。

"四班全体立即赶赴山上抢修炮台,三班配合,务必于天亮之前抢修完毕!"排长发出紧急命令。

"保证完成任务!"四班、三班齐声高呼。

"一班、二班抢修营房,务必于上午8点之前完成任务!"

"保证完成任务!"一班、二班齐声高呼。

狂风依然怒吼着,加上天黑得伸手不见五指,行动极其不便。一不小心,人就容易被大风卷入山崖。王能珍和战友们身穿雨衣,在手电筒的光照下手拉着手爬到山上察看受损情况。

因为光线昏暗,走在最前面的最危险,稍不留神就会滑下去。王能珍看出了大家的害怕,一挺身走在最前面,一面走一面提醒后面的战友路面的情况。

必须把修整的材料运送上山。漫天的粗沙打在脸上,飞入鼻孔和衣领里,眼睛必须眯成一道只能感受一点光的缝,否则飞沙入眼格外难受。

靠着手电筒微弱的光线,战士们用脸盆等工具搬运沙子、石子、水泥。风雨交加、沙粒横飞,运送起来比平时不知艰难多少倍。

"风这么大真是太难了,我实在有点撑不住,歇一会吧。"一位战士摸着被风沙打痛的脸,小声嘀咕着。

"那……那怎么成呢?炮台不及时抢修好,敌人要是瞄准这一时机来袭击,那就不得了。"王能珍说道。

"开玩笑,这大海边,黑灯瞎火的,哪来的敌人?"

"就是没敌人,服从军令是我们的天职啊!"王能珍坚定地说。

"王能珍说得对呀,来不得半点马虎。"大家纷纷赞成,咬着牙干着。

在大家的齐心协力下,不到两个小时,抢修便告结束。

回到宿舍,战士们一捋胳膊大腿,碰的、磕的、石子砸的,伤痕累累。

王能珍胃部阵阵胀疼,不能吃东西。他趴在床上歇了一会,待胀疼缓解,便担起一对水桶要下山,因为大家等着水洗脸呢。

战友林强心里过意不去,便对他说:"王能珍,你的胃疼才好一点,别去了,今天是休息日,我们不洗脸。"

"大家一身泥沙,不洗怎么行? 我这点小病算什么呀? 这力气摆在身上不用掉不是白白浪费么?"王能珍幽默地说了一句,一溜烟地不见了。

林强深受感动,也担起水桶紧跟着王能珍去了。

山下的水井因为风沙吹过显得不干净,他们便到远处的水库去挑。打水时,听到一个女人在哭叫:"这怎么办呀,房子被掀成这样,怎么住啊?"

"老百姓房子掀了呀,走,过去看看。"听见哭叫声,王能珍放下担子和林强赶了过去。

来到村子一看,王能珍心里凉了半截。这家的三间平房,两头的两间瓦块被大风掀去许多,西边的一方土墙还坍塌了一些,屋内成了水池,一家几口蜷缩在中间的部分。

王能珍二话没说去找梯子,和林强一起帮他们抢修。当他走进一间小屋时,他惊呆了,屋子里凌乱不堪,屋里地上坐着一个人,双手双腿全被铁链拴住。地上还有一个碗,里面有一点狗食样的剩饭。

一位老人过来说:"这是我儿子,叫有福,5 年前还好好的一个人,突然得了一种病,动不动就拿刀子在村子里砍人。几年来家里为他看病花了不少钱,但根本看不好,他媳妇为此流干了泪。"

王能珍感到心酸,决定好好给他们修房子,可是瓦都碎了。没有新瓦,这盖不起来啊!

"走,我们下去。"王能珍从屋顶下来,对林强说,"我们到村里看看哪家有,借一点过来。"

终于在东边的一个老人家找到了一些旧瓦。

"报告老乡,我们是解放军,想问你们借点瓦,可以吗?"王能珍说。

"你们借瓦? 到部队?"老人有些疑惑地问。

"不是的,前面有一家叫有福的,他家的房子被台风掀得不成样子,我们想帮他家维修一下。"王能珍说。

"哦,是他家呀,他家可怜呀,就这么多,你们先拿去吧。"老人指着房前堆放的一些旧瓦说。

"太谢谢您了,回头我叫他们记着,将来让他家还您。"王能珍说。

看到解放军过来帮忙,一些村民也过来了。足足干了一上午,终于将房子修好了。

"王能珍,你的脚上怎么有血?"林强突然惊叫了一声。

王能珍低头一看,果然有血,血从腿上一直流到解放鞋上。他顺手将裤子往上一提,才发现腿上不知什么时候划了一个不小的口子。

"这点血算什么,回去。"王能珍见林强一脸的惊讶,对他说。

在有福一家人的千恩万谢中,他们朝水库走去。走了一会,王能珍突然想起什么似的,停了下来,说:"林强,你先去挑水吧,我过一会儿就来。"

王能珍转身就回去了,他一路小跑回到借瓦的老人家。

他想到排长和班长常讲的一句话,"不拿群众一针一线",刚刚发的生活补助还在口袋里,他决定把钱送给老人。

"老人家,这些钱就算瓦钱,不知够不够,您也别找他家还了。"说着,他掏出了口袋里的九块六毛钱,放在桌上就走。

"解放军同志,你是做好事,这钱我不要。"老人在后面喊着,王能珍撒腿跑了。

太阳从云缝里钻出来,王能珍心里亮堂堂的。

9　借瓦风波

生活是大海

委屈　苦难　沧海一粟

拉起风帆　惊涛中搏击

"不好,不好,我们要挨批了。"王能珍一回到部队,林强便慌张地告诉他。

"怎么回事?"

"我们给有福家抢修的时候,部队又有紧急任务,后面又有营房坍塌,我们班紧急集合要去抢修,大家找不到你和我,排长很不高兴,班长发火了。"

"王能珍,你还知道回来呀,到哪里去了?"正在这时,班长来了,劈头盖脸就是一句。他对这位战士本是十分关心和看好的,特殊时刻却找不到他,他很失望。

"报告班长,山上抢修结束后,我去打水,突然发现山下一间民房因台风坍塌了,我和林强一道去帮助抢修了。"

"遇到老乡有困难去帮助是好事,但部队是讲纪律的,必须要先和部队报告,都像你们这样无组织无纪律,人都不知到哪去了,敌人来了怎么办?"郝班长虽然知道王能珍一定是做好事去了,但纪律一课要给他上。他的内心希望王能珍更加优秀,因此对他的要求近乎苛刻。

"报告班长,当时老乡的情况比较紧急,我们来不及回来报告。不过我们深知,我们错了!"林强在一旁解释着。

"我没有问你,给我闭嘴。"班长非常生气。

"晚上开班会,你俩给我进行深刻检讨!"

周末班会每个人都要发言,汇报自己一周训练、学习、工作等方面的情况,同时还要背诵党章或条例。

对于党章随身带的王能珍来说,背起来轻车熟路,接下来就轮到大家讨论了。

"帮助村民修房是好事,但随意到群众家借瓦,这与'三大纪律和八项注意'相违背,这会严重影响解放军在老百姓面前的形象。"有人说道。

"王能珍喜欢做好事,值得表扬,但方法往往不对。"又一位战友接过话头。

"报告班长,借瓦时,我也考虑到这个层面,但一时兴起,在王能珍的提议下就去借了,借后没说怎么还,什么时候还,会不会还,这确实会让老百姓对我们部队产生不好的印象,我深刻检讨。"林强补充说,他不知道王能珍悄悄将瓦钱还了。

"我觉得王能珍和林强做得没错,特殊情况下,为了应急到老百姓家去借也没错,但确实要做到有借有还,而且能很快地还。希望王能珍和林强及时想办法把钱先还给老百姓。"另一位战友发表自己的见解。

"好了,大家发言到这,下面由王能珍同志发言并作自我检讨。"班长说。

王能珍敬了一个礼,正要发言,连指导员和排长过来了。

"听说你们班有人到山下帮村民修房去了,向一个老人借瓦还给了钱。晚餐时,老人归还了瓦钱,并和有福的父亲给部队食堂送来许多鱼,据说是下午特意到海里去捕的,要感谢我们所做的好事。我们了解情况后坚决退还了瓦钱,在有福父亲一再坚持下,我们收下了鱼。"排长高兴地说。

听排长介绍后,大家都向王能珍伸出大拇指,纷纷赞叹。

"下面我们请连指导员指示!"排长说。

"王能珍和林强同志的好人好事,增强了我们和驻地军民的鱼水情。虽然他们也违反了纪律,但两者相比,功大于过,且过失是有特殊情况的。我们要对王能珍无私奉献的精神进行书面表扬。"指导员说。

指导员的话让王能珍心里一亮,原来部队有纪律,更有温情。意外得到这样的表扬,王能珍觉得自己付出得再多也值。

感动中,他站了起来,说:"报告首长,正好发了生活补助,我看房子被掀的那家太困难,估计他们还不了老人的瓦钱,于是就替他们还了。本来觉得这是个小事,没想到受到首长这么表扬,今后我将严守纪律,更加出色地完成部队交给我的每一项任务。"

"这钱我们部队来付,能珍同志,你的生活费还是还你。"排长说。

"报告首长,既然给了,我就不能再收回了,就算我交的党费。"

班会结束,大家回到了宿舍好好睡觉。王能珍倒在床上,虽然很累,但心里甜蜜蜜的。

几天后,林强面色沉重地走过来,眼里含着泪。

"怎么啦,林强?"王能珍问,以为他又受了什么委屈。

林强一把抓住王能珍的双手说:"能珍,我家出了大事。我爸爸出车祸腿断了,正在医院抢救。"说着他将刚刚收到的信递给王能珍。

看了信,王能珍面色一下沉下来,为林强家的不幸而伤心。

"我们是好兄弟,你办事沉稳,所以就先找你说说。"林强伤心地说,"我家在农村,条件也非常差,家里也没钱给他看,真不知怎么办呀?"

看着焦急的林强,王能珍想了一会儿,问道:"你手边有多少钱?"

"刚发的生活费一分没花,加上以前余下的,手边有二三十块钱,但这哪够呢?"

"这样吧,把你家庭地址给我,我来给你凑一些吧。"王能珍说。

"你家里条件也不好,你那点钱也是准备寄给你妈的,还想买书,我怎么好让你借呢?"林强说。

"其他话不说了,你父亲就是我的父亲,治你爸的伤要紧。"说着王能珍回到宿舍,将所有的钱点了一下,共有二十多块。又跑到陶传文那里借了二十元,共凑了近五十元给林强家寄了过去。

10   请别让我住院

我的军营　我的家
离开你魂儿丢下
走向你的怀抱
梦里也芬芳

1974 年 9 月的一天,能闻到山间早开桂花的淡淡香味。

和往常一样,王能珍一大早就起来挑水。当他下到井口时,突然感觉上腹部又隐隐胀痛。他并没在意,因为这样的疼痛经常发生。

正是秋老虎横行的季节,走下山时已经是一身汗。他凭着经验,打了一桶水上来,用瓢子舀了水从头上浇下来,然后用毛巾擦干。清凉的水洗出清凉,果然也冲走了刚才的腹痛。他很高兴,觉得自己掌握了治疗自己胃痛的方法。

挑着水艰难地向山上走去,不到一二十米的时候,靠近胃部的地方突然又疼起来,他一咬牙,继续向山上迈去。

挑到半山腰,疼痛阵阵加剧。"王能珍,加油啊,争气啊!"他暗暗给自己打气,就在一只脚向上一级台阶迈进的时候,突然袭来的剧痛让他不由自主地身子一收，肩上的担子失去平衡，人向后一仰倒了下去。好在他控制得力，倒在一棵树上，一只手迅捷地一抓，抓住了树杈，得以脱险。

身下是悬崖深渊，跌下去，后果不堪设想。

大脑一阵眩晕，他全力控制自己，慢慢镇定下来。额上的冷汗，如豆珠一般。看到两只滚落老远的水桶，他觉得不能这样空着桶上去，便在石阶上坐下来，靠着一棵树，双手按着胃部，想让疼痛尽快消失。

十多分钟后，疼痛趋于平缓。他咬咬牙爬起来，将滚落的水桶一一拾起，重新下山挑水。平时二十来分钟的活，这次他足足用了四十多分钟，才一步一歪地将水挑上去。

"王能珍，你的脸怎么这么白？"胖战友发现异常，不解地问。

王能珍生怕自己的病情被战友发现，因为一汇报到领导那里，就要上医院，那就会影响自己的训练和学习。他便故作镇静，装出没事的样子。

"咣咚，哗——"战友问话刚结束，王能珍还没将担子放稳，一个踉跄，两桶水倒出，泼了一地。

瞬间涌起的疼痛让王能珍眼睛半闭，说不出话来。战友们迅速将他扶起，用毛巾为他擦了擦。

"不好，王能珍生病了，你看他脸色多难看。"胖战友叫起来。

"王能珍可能早就不太好了，我几次见他疼得捂肚子。"另一战友说。

"这人也太雷锋，累出病来了。"一位战友一边扶着王能珍，一边埋怨地说着，"哪能做好事不爱惜自己身体呢，你真当你是钢铁铸就的啊！"

"来，帮个忙，将他送到医院去。"班长闻讯赶过来，眼睛湿润了。

"不，没事的，一会儿就会好。"王能珍见自己要被送医院，显得很过意不去，更觉得自己连累了大家，拖了部队后腿。

"一定要送去检查一下，看看到底什么情况。"班长关切地说，"我们积极进步，但也有责任爱惜自己的身体！"

"真的没事，你们走吧，我在床上躺一下就行的。"

"王能珍，这是命令！"班长突然用命令的语气说，"只有检查了，把病看好了，才能忠诚于党，更好地干革命，为祖国而奋斗。"

"是！"王能珍只得服从。

两个战友将王能珍扶到部队医院。经过检查，高烧 39.8 度，患上了胃病，病情严重。

打完退烧针，医生严肃地说："王能珍，你要住院接受治疗。"

"住院？"听说要住院，王能珍大脑"嗡"地一下。他无法接受这个事实，他觉得自己正是为部队、为国家做贡献的时候，怎能住院呢？

"医生，你先给我开点药吃吃吧，我真的不能住院。"王能珍恳求说。他觉得住在医院，白白地消耗国家资源，就是给国家增加负担。

"听医生的，叫你住院你就住院。"一同前来的班长说。

"毛主席告诫我们要努力学习。这样吧，你帮我跟医生说说，先开点药吃吃，如果真的不行，我再听你的，好吗？"王能珍把班长叫到一边，小声地央求。

班长见王能珍一副十分认真的样子，想了一会，无奈地说："好吧。"

医生不同意，因为王能珍的胃病必须尽快治疗。

"王能珍，你什么话都别说了，听医生的，执行命令！"

又是命令！王能珍只得服从，住了下来。然而，班长前脚刚走，王能珍等一些药开到手后，拽着留下的战友回去了。

吃了几天药，果然有些效果。连续吃完后，一个多月也没出现过疼痛。王能珍非常高兴："我说医生是在跟我发虚，你们不相信，我的胃病哪有那么严重嘛，吃点药不就好了！"

"我希望你真的没事，但你也不要那么自信，身体是革命的本钱。"

胖战友劝他。

"我小时候几次死里逃生,每次都活下来了,大难不死。我身体基础好,何况在部队又得到这么长时间的锻炼。"

两个月过去了。一天,就在王能珍自信满满地参加政治学习时,他的胃再次大痛起来,而且来势凶猛,痛得嘴和鼻子都揪到了一块,他忍不住呻吟着。

到了医院,医生只说了四个字:"赶快住院"。

两三天过去,感觉好一点的时候,王能珍放心不下部队,又不辞而别。几个月下来,导致了严重的胃溃疡,直至再次被送往医院。

"医生,他这个病严重吗?"班长问医生。

"很严重,这与他经常性的体力透支,吃冷饭,不按时睡觉、吃饭有关系。"

部队领导得知王能珍的情况,表示一定要给他治好,让他尽快康复。随后,王能珍被送到定海市的大医院治疗。

离开战友离开部队,王能珍像丢了魂似的。内心焦急,加上病情严重,他日益消瘦,只剩皮包骨头。

二十多天后,王能珍坚决要求出院。医生实在拿他没办法,只能让他回去,一再叮嘱他到部队后暂时不要参加训练。

到了部队的王能珍就如鱼儿回到水中,听到战友训练的"呵哈"声,他怎么也忍受不了。

这一天,他找到了班长:"我没事了,请求正式归队正常参加训练。"

"王能珍,你给我听好了,听医生的话就是执行部队的命令,叫你回来休养至少一个月以上,你必须得休养。"班长严肃地对他说。

"班长,天天无所事事,你这不让我憋死呀?"王能珍很急切,央求着。

"不要讨价还价,对你负责就是对部队负责,你要是再出问题,我怎么向部队交代?"

他跑去找排长,结果排长更是严厉地给他一顿批评。

"排长,参加训练不行,我请求到厨房帮忙,择择菜总可以吧?"

"好吧,我就给你开个恩吧,向指导员汇报一下!"排长知道他的性格,心想择菜这个活不累,就让他做做吧。

得到了同意,王能珍非常高兴,立即跑到了食堂,帮忙择菜、洗菜、扫地、打下手,做得有滋有味,一丝不苟。一连几天,他总是比炊事兵们来得早,一来了就闲不下来。

这一天,他见水缸里没水了,趁人不备时就到山上挑起水来。

一个炊事兵回来后,看到水缸里水满了,一问是王能珍挑的,就说:"部队下命令不许你做重活,你怎么敢挑水,这不让我们挨批吗?"

"不要说出去,不就成了你挑的吗?"

"那我也不能欺骗部队呀?"

"好兄弟,好兄弟,你真不能说,说了我在这里就待不住了。"

炊事兵摇摇头,没有办法,给他保了密。

保密后,王能珍又悄悄挑起水来。

11　别了,亲爱的军营

曾经的朝夕　情同手足

别后的珍重　泪水染透

天各一方　天涯海角

我们唱着同样的歌

歌中　有你也有我

从稚嫩的脸庞到刚毅的神情,战士们历经无数次训练,也一路成长。

有汗水,有泪水;有欢乐,有心酸。一切都那么刻骨铭心。

寒暑往复,三年的军营生活就要过去。

除了七名骨干或等待提拔的,全连一百三十多名老兵都要复员回乡。部队每到这个时候,是最烧心的,再铁骨铮铮的军人都是愁肠寸断。

胃病复发的王能珍再次躺在医院里,心里更像火烧一样。他多想马上回到部队和战友们多战斗几天,多生活几日。他捎信给首长,请求参加最后几天的军营生活,哪怕就是一天、一个小时也行,但他的愿望还是被拒绝了。

1976 年的 3 月,山花烂漫,春光无限。这天下午,全连的老兵们集聚在一起,这是他们在军营中的最后一次集合,虽然像平时一样还是那么整齐,但他们已经摘下了帽徽、肩章。

王能珍也回到了部队,也一样摘下了帽徽、肩章,站立在行列之中。

他是一名优秀的军人,但因为身体原因,他没能留下来。朝夕相处三年的战友要分别,他的内心无比伤感,不舍之情涌上心头——

> 当离别如期而至,
>
> 才体会时间像流水的含义;
>
> 曾告诉自己像个男人不会哭泣,
>
> 可当我送走军旗卸下战袍,
>
> 才体会男儿有泪不轻淌的豪情壮志!

营地里,春风漫卷红旗,猎猎飘扬。

一幢幢战友们亲手建起的营房、门楼默默伫立,似有万千不舍。

营长,各连的连长、副连长、指导员、副指导员,各排排长,各班的班长,无一缺席,他们强压着哽咽和一百三十多名老兵欢聚一堂。

三年战友情,马上就要分别,天各一方。此情此景,让摘去了帽徽、肩章的战友们似乎找到了宣泄的理由,许多人再也控制不住自己的情感,让眼泪自由地流淌。

流吧,流吧,尽情地流吧,谁说男儿有泪不轻弹?

今天,我是营房的建设者。再来时,将是一名老兵,是远方的客人!

"悠悠的白云,见证了激情燃烧的岁月;绵绵的青山,镌刻着我们当兵的历史。到了分别的季节,心里充满沉重与感慨……"

班长、排长、指导员、连长分别讲话,一个个含泪诉说着三年来的工作与学习,诉说着三年来的战友情。

营长说:"三年岁月匆匆,各位战友从一名新兵,经过三年的锤炼,成为一名老兵。三年来你们在部队里成长,同时为部队的发展和国防建设做出了巨大的牺牲和贡献,你们辛苦了! 我代表独立营向你们表达由衷的敬意和诚挚的感谢。虽然退伍了,但我们军人的情怀不会变,我们军人的担当不会改,我们是共和国的忠诚卫士,从四面八方来,回到四面八方去,因为,那里需要我们!"

雷动的掌声再次催唤着战士们的热泪。王能珍只是拼命地鼓着掌,他想用掌声来抑制自己心中的伤感。

一些优秀老兵们胸戴大红花坐在一起,许道清是七名留下的优秀老兵之一,他们含着泪水发言,感谢部队的培养。

听到许道清的发言,台下的王能珍泪流如注。一起学习、一起入党、一起训练的情景历历在目。

王能珍为他自豪,也为自己的身体而惋惜。战友们马上都要走了,根据部队指示,他还得继续住在医院,直到康复后再回家。

欢送大会结束后,全连战友聚餐,这是快乐的聚餐,也是分别的晚宴。战友们举起酒杯,开怀畅饮。《毛主席的战士最听党的话》《驼铃》《我是一个兵》,大家一丢过去的严肃,一首首深情地演唱着。

"能珍,明天我就要先回去了,你在这里一定要把病看好,一定要带着好的身体快快乐乐地回家。"陶传文说完和王能珍紧紧地拥抱在一起。

王能珍哽咽得几乎说不出话。

"当了一回兵,就是一颗钉。有了部队的教育和培养,相信我们明天一定会大有作为。"陶传文用坚定的语气对王能珍说。

"一定,一定的。"王能珍抹了抹眼泪。

第二天上午,在一片锣鼓喧天中,各自回乡的战友们一车车被送到了码头。离开军营,战友们依依不舍。王能珍、许道清一起跟车来到码头相送。海轮的汽笛声成了催泪弹,码头上的战友们都不忍再听。王能珍站在码头,向亲爱的战友们挥手,直到海轮消失在遥远的海际。

"能珍,我们回去吧!"热闹的码头清静下来,许道清拉着王能珍往回走。

回到部队后,王能珍又被送到医院接受康复治疗。躺在病床上,大脑里一幕幕地再现着三年来的军旅生涯,再现着战友们那一张张鲜活的笑脸。难以入睡,他便翻阅随身带过来的《毛泽东选集》《党章》以及军事技术书籍。

度过一个又一个漫漫长夜,他再也坚持不下去了,便给连长写信,表达了想离开部队回家养病的愿望。

连长派人过来回话:"你的病是在部队患的,是为保家卫国而落下的,必须要把病看好才能回去,这也是部队的一份责任。"

"哎呀,这要耗到哪一天呀!我天天这样耗着时间,拖着部队后腿,于心不安啊!麻烦你再向连长请求请求吧。"王能珍内心如火烧一般,央求着。

盼啊盼啊,多少天过去了,但还是没有消息。王能珍实在撑不住了,再次偷偷出院。

回到部队后，许道清竭力劝他说："你不要急，把病彻底看好，病不看好，将来不能负重，一辈子想干什么都干不了的。"

"不行，我现在已脱了帽徽、肩章，怎么能还麻烦部队呢？"

"你为国家、为部队献出了青春，得了病，国家和部队自然要为你负责啊！"

"你说的大道理是对，但我内心急，心急如焚！"

"急什么呢？我现在不是在这里吗？只要有时间我就去看你。留得青山在，不怕没柴烧，身体才是革命的本钱！"

大家都劝他，磨破了嘴皮。

王能珍就是说不通，觉得脱下了军装，就不应该让部队治病。估计强留对治病也不利，部队只得让他回家养病。

当部队给他养病经费时，王能珍坚决不要，说自己病已好，回去不需要看了。最终连长又以"命令"的形式才让他接受。

怕他出现意外，部队还专门委派了一名文书护送他回家。临走时，许道清也一路相送。

"道清啊，你能荣幸地成为留下的七人之一，我为你高兴，也为我们的家乡高兴，希望你在部队能表现得更加出色，立下更多的军功！"

"能珍，我们一道参军，从一个地方来到连队，同时入党，感情深厚啊！你一直是我的榜样，我能留下来，有你很大的帮助和鼓励。可惜啊，你太拼了，把身体拼坏了。将来我们不管到哪里，都要感谢部队的培养，相信我们的理想信念终生都不会变。"

"对党忠诚，对国家忠诚，这是永远不会变的！"王能珍紧紧地握着许道清的手。

"来，梁文书，我们三人唱首歌吧，就唱《我守卫在海防线上》。"王能珍抹了抹含泪的眼睛。

面对着蓝色的大海，三个人唱了起来：

　　啦啦啦……

　　年轻的心要在大海上翱翔

　　啦啦啦……

　　我爱大海的惊涛和骇浪

　　啦啦啦……

　　它能把我锻炼得无比坚强

　　我爱这蓝色的海洋

　　祖国的海疆壮丽宽广

　　我爱海岸耸立的山峰

　　瞭望着海面像哨兵一样

　　啊……

　　海军战士红心向党

　　严阵以待紧握钢枪

　　我守卫在海防线上

　　保卫着祖国无上荣光……

海风吹拂，海浪翻涌。码头上，终要分别。王能珍从口袋里摸出十元钱交给许道清："这是我最后向部队党组织交的党费，一年党费，本来我想自己亲自交的，但考虑到部队不会接收，现在委托你帮我递交给组织。"

"这……一年也要不了这么多，组织上不会收的。"

"兄弟，拜托了，这是我的最后一次机会，一定要帮我交上。"

许道清什么也不说，接过他的党费，两人握手相别。

站在船头上，王能珍向着部队的方向深情地敬着军礼，泪水打湿了双眼。汽笛长鸣，船缓缓离开。王能珍带着深深的眷恋，离开了自己最热爱的部队。心依恋，泪千行；青山无语，浪花飞溅。

两三个小时后，船在宁波港靠岸。港口离宁波市中心还有很多路，王能珍和梁文书背着行囊慢慢行走。

脚步在前行，心却在停留。王能珍的心还在军营。

走着走着，一辆小货车从他们身边匆匆驶过，带来漫天的风沙。他们紧紧闭上眼睛停了下来，突然听到"咣当"一声，上前一看，原来是一筐海鱼。

"这是老乡丢的，你在这里等着，我去追。"

王能珍把行李往地上一放就向前追赶，一边跑一边喊。他使出浑身力气跑，但怎么也追不上。

"老乡辛辛苦苦挣点钱不容易，这怎么办呀？"他问道。

"有什么办法呢？我们还是丢下，赶我们的路吧。"文书说。

"不行，在这里等等，说不定他会赶回来找的。"

他们在路边坐下来。半个小时过去了，一个小时过去了，还是没人回头来找。

"前头有个村庄，你到那里问问，那里有好多鱼贩子。"他们不断询问，终于有人指着前方说道。

"我们是舟山一带的子弟兵，老乡丢了东西，不能不管，我们抬到村里问问吧。"王能珍对文书说。

一手抬着筐子，另一只手和肩上还提着挎着自己的东西，他们终于到了村子。王能珍挨家挨户地询问。

总算找到失主。王能珍就像是执行完了一项军事任务，格外舒心。

对方非常高兴，要留他们吃饭，他们坚决不肯。

"你们叫什么名字？"

"他叫解放军，我叫老兵。"王能珍说着，拉着文书快步离开。

一路走一路哼唱着一首首军歌，两人朝宁波市区走去。

第三部　家乡情深深

1 半夜里，舍身救火

带着梦想启程

带着嘱托回家

要把"军人"二字

擦得更亮 更荣光

经过杭州、上海转两次火车后，颠簸了两天两夜终于到了芜湖火车站。根据安排，送到这里，文书就要返回了。

王能珍一把拉着文书的手，两行热泪流了下来："你是我和部队分别的最后一个同志，按理说我一定要请你到我家喝杯酒谈谈心，但军令不可违。回去以后，烦请向首长转告我的最后一句心里话：三连二排四班王能珍有愧于部队，感谢部队，一辈子都会把部队记在心里，不会给部队丢脸的！"

文书走后，王能珍目送着他，直至泪水完全模糊双眼，直至看不到文书的身影。他对部队有着深厚的感情，文书的离去，似乎预示着自己与部队的血肉联系一下子断了，他格外难受。

"你为什么不争气，否则我不用离开可爱的军营啊！"他猛地捶打着自己的胃部，愤恨地说道。

天空茫茫。感觉自己就像一只孤雁，王能珍内心无比寂寞。

挂着两行热泪，背着行囊，他行色匆匆地往自己的老家松园赶去。

天快黑的时候，终于到了村子。汪溪河缓缓地流，偶尔有鱼儿跃出水面，激起浪花，像是欢迎赤子归来。

母亲看到儿子回来格外高兴，看到他的面色又格外心痛，她问道：

"儿呀,你是不是病了,胃病又犯了?"

"妈,没事的,就是一路上饿得很。"

"你又是舍不得呀,到了芜湖怎么不买点吃的带上呢?"

"不知怎么,我没心思吃。"

"哟,你这里不是买了吃的吗,怎么不吃点呢?胃不好,哪能饿呢?"母亲在给他整理行李时发现了饼干等食品,便责怪他。

"妈,那是买给你和弟弟们吃的。"

"你哟,从小到大只记着别人,就是对自己舍不得。"

母亲说完赶紧给儿子准备吃的。她打了三个荷包蛋,下了一碗面,给儿子端了过来。他正在吃的时候,六弟、七弟也赶了过来,他们为五哥的回来兴奋不已。

道不尽的亲情,说不完的故事。很晚,一家人才入睡。

初春的夜里格外清静,偶尔传来几声狗儿猫儿的叫声。

半夜时,忽然传来阵阵呼叫声。声音由小渐大,由远及近。王能珍被惊醒,起初以为是睡在部队的宿舍,在做梦,仔细一听是真实的声音。

"喤——喤——喤——",一会儿,响亮的锣声传来,有人呼喊,"失火了——快来救火哟——失火了——快来救火哟……"

狗的狂吠声、人的呼喊声,村子躁动起来。

王能珍一骨碌爬起来,拉开大门,发现漆黑的天空下村子东边火光闪闪,原来是阴沟村郑达洋家失火了。

郑达洋是孤寡老人,三间土坯草房是他唯一的财产。

他带上水桶和脸盆就往外冲。这时,有人从后面一把拉住了他的衣服。回头一看,是母亲。

"你刚刚回来,才睡一会儿,身上还有病,你别去了。救火的人多得很,轮不到你。"母亲关心地说。

"不,不,不,那些人救火没经验,我在部队参加过救火演练,正好能用上。"说完拔腿就跑。

赶到失火的地方,果如王能珍预料的一样,大多数人顶不上大用,只有几个内行一点的人在奋力扑火。

"不得了啊,这老头子在里面,再不救出来,就呛死了。"有妇女大声说着。

"什么,达洋爷还在里面,这怎么得了!"气喘吁吁跑来的王能珍问道。

"他行动不便,这门口火势大,一直进不去,老头子在里面,不好救呀!"妇女应答着。

王能珍快速脱掉军棉大衣反铺在地上,端起一盆水朝大衣背面泼洒,接着将外衣从头上一蒙,从门口的火苗中冲进屋去。

烟雾弥漫,他屏住呼吸,到房间里寻找。满屋子的烟雾呛得他不停地咳嗽,因为过去来过老人家,对房内布置情况还是熟悉的,他很快便找到了奄奄一息的老人,王能珍背起他一个飞步冲了出去。

老人得救了,但王能珍身上几处被烧伤。

火烧到了屋顶,再不快扑灭,整个屋顶将要全部被烧掉。大家眼睁睁地看着火势越来越大,一筹莫展。

"快找个梯子过来,赶紧上屋顶。"有人大喊。

王能珍回过神来,在背老人出来的时候,他好像看到堂屋里有一个梯子。没等人家梯子取来,他就要进去取梯子。

"你已经受伤了,不能再进去!"有人拽着他的胳膊说道。

他来不及说话,将对方的手一甩,又从大门一跨而入,很快搬出梯子。

将梯子往屋边一靠,他急切地喊着:"快、快,送水过来——"

有人把水用小桶送来了。王能珍提起桶就爬了上去,用水瓢一瓢一瓢地浇着大火。火势被扑灭七八成了,在手电筒的光照下,他爬到梁上,小心地跨坐在摇晃的梁上,接着用送过来的水一瓢一瓢地浇着。

火逐渐被熄灭。浇到最后的时候,一不小心,他从梁上摔了下来。

"老五,老五——"大家惊呼着。

半天听不到应声,大家惊呆了。只听到轰隆一声,不见人摔到哪里去了。所有的人心一沉,祈祷不要出什么意外。

一会儿,王能珍踉踉跄跄地走了出来。幸运的是他摔下的地方正好有些麻袋,只是感到一阵眩晕,人没有受大伤。

"老五,老五,你摔伤哪里了吗?"

"没事,可能腰扭了一下,不要管我,你们快干你们的事,救火要紧。"王能珍摸着疼痛的腰一拐一拐地走着,推开扶他的人。

一段时间后,火全被扑灭了。大伙儿一个个有气无力地坐在一方土坯上。

"能珍啊,你当过兵就是不一样,不仅动作敏捷,而且懂得扑火技巧。多亏你回来了,赶上救火,不然不仅这房子要烧光,这老人家也一定会被烧死的。"

"没事就好,去部队多年,总算能为大家做点事。"王能珍回答道。

在村里人的搀扶下,王能珍往家走。由于身上浇了水,一阵阵风吹来,他冷得发抖。

"能珍,你把湿衣脱掉,披上我的外衣吧。"旁边有人脱了外大衣向他递来。

"我一个当兵的,这点冷算什么!"他说道。

回到家里,透过灯光,母亲发现儿子脸上一片漆黑,心疼地端盆热水给他擦洗。

母亲免不了埋怨儿子,心疼他受了伤。

"妈,这点伤不算什么。想一想,如果达洋老人出了意外,明天就可能要办丧事,这是多么凄惨啊!"他开导着母亲。

第二天早上,大家来看王能珍,问这问那。不一会儿,聊到救火的事上来。

"老人家确实怪可怜的,听说他不吃晚饭,准备省一餐,可是晚上饿得受不了,便从床上起来,来到厨房准备泡锅巴,不小心失了火。他想跑,但是摔倒在地爬不起来,叫了半天没人听到,幸好老海的孙子打牌回来发现着火了。"有人娓娓道来。

母亲给王能珍端来一碗鸡蛋面让他吃。吃了几口,他忽然站起来,说:"不知达洋爷怎么样?昨天是不是烧着哪里了?"

"你看你,为了救他,你身上都被烧得一块一块的,还想着他。"邻居们说。

"昨天夜里他被救出来后,我来不及管他,他一定受了伤。不行,我要去看看。"说着,王能珍匆匆地走了出去。

到了阴沟村,得知老人已被安顿在别人家,躺在床上,一直处于半昏迷状态。

"哎呀,这怎么行啊?"王能珍见老人还没醒便转身出去。不久,他将一个村医带来了。

"这老人真是福大,遇上五子回来,这小伙子真是好人啊!"一个村民感动地流着泪。

医生用完药,老人渐渐醒了过来。

"老头子哎,是五子把你从火堆里背出来的,又是他花钱叫了医生把你救活的!"又有村民对他说。

老人干涩的眼睛里流出一滴泪水,他缓缓地伸出手来,要拉坐在旁边的王能珍,说:"小五啊,谢谢你,我、我这条老命是你帮着捡回来的。"

"爷啊,你不要说这话,你是个好人,记得我小时候在牛背上摔下来,是你抱我上牛背的。还有一次在外面放牛饿得不行,你还给过我锅巴吃呢!"

听到这话,老人突然呜呜地哭起来:"我儿子就是像你那么大的时候,硬给牛一脚踩死,最后闹得他妈也跑了……"

"爷啊,你不要难过,过去的都过去了。"听到老人的辛酸事,一旁的人也都流起泪。

看着喘气不顺的老人,王能珍更是一阵心酸。他蹲下身子,一手拉着老人的胳膊,另一只手从口袋里掏出一百元递给老人。

"这个你拿着用,看病的钱我都付过了。"

"你救了我的命,哪还能要你的钱?"老人颤巍巍的手直推着。

"我回来时部队给了点钱,专门的补贴费,是党给我的。我不能一个人用,这是一点心意,你一定要收着。"

"你也是个苦人家的孩子,这钱留着找个丫头结婚,我不能要。"

"我年轻,有办法!"王能珍推开他的手,丢下后起身离开了。

看着王能珍离开的背影,老人眼里噙着泪花,喃喃地说:"好人啊,真是好人啊!"

2　一定要让七弟读书

家乡的风　在心口吹
家乡的河　在心头流
挥不去啊,血浓于水的亲情

因为回家后连夜救火，王能珍病情加剧。

儿子好端端地去部队，却带个病回来，母亲心里有说不出的痛楚。三年前的冬天，王能珍穿着军装，朝气蓬勃，那情景始终印在母亲的心中，那是她一生中最为幸福、自豪的时刻。担心儿子不进步，时时刻刻叮嘱他努力，哪料到他太不懂得爱惜身体。母亲常常一个人偷偷流泪，希望他的身体尽快好起来。

起初，为控制病情，王能珍到县城开了中药，刚开始还有些好转。但是时间一长，效果就不明显了，疼痛还是时常发作。

"五子啊，好好的一个身体弄成了这样，早知这样，再怎么我也不会让你参军，真没想到好事变成坏事。"这一天，母亲焦虑地对王能珍说。

"没事的，妈！"王能珍显得若无其事，又发自内心地说，"我真心感谢部队，让我学会了许多东西。"

"你们弟兄七个，我和你爸最对不住的就是你，你生病时没钱好好治，到该上学的时候，也没能力让你上学……"

母亲和他聊起家常，聊着聊着眼泪就下来了。

"妈，你别这样，我现在不是认很多字了，不是会写信了？家里没机会学，到部队补了回来，应该高兴才对呀！"

"哎……你现在回来了得把病看好，要到大医院去看，知道吗！"

"妈，看病的事不用你操心，我心里有数。"

"你已经拖了好几年，再拖小命都会拖掉。"母亲一脸的沉重。

"哪会那么严重，我在部队天天锻炼，身体基础好，这点病肯定会好起来的。"王能珍安慰着母亲。

"家里这个情况，借一圈也借不到钱，妈也实在拿不出钱来给你看病，唉！"母亲显得十分愧疚。

"妈，别操心，我有钱，部队给我发了！"

其实,王能珍身上没多少钱了。虽然回乡时部队给了一笔看病经费,但他却把这笔钱当作赞助费一样,到处施舍。

第二天,去县医院检查,医生要求他住院治疗。王能珍只是吊两天水,开些药就回家向母亲交差了。

母亲和哥哥们不许他干活,好生养病。整天无所事事的他,心里倍受煎熬。

还让王能珍内心着急的是,虽然日子很苦,可是大家在集体干活,出工不出力。他在田地边走着,看到三四个人干一下午的活,自己要是身体好,一个人就能干完。

当时,集体干活靠队长吹哨子,哨子一响便集合分工干活,但是往往都是"头遍哨子不买账,二遍哨子伸头望,三边哨子慢慢晃"。

看到这种情况,王能珍很着急,有时候队长一吹哨子,他就家家户户去通知出工。

"五子,队长的哨子大家都听得到,你这样去喊会得罪人的。"母亲为他担心。

"妈,我看着急啊,在部队,号子一响,我们瞬间就集合!"王能珍说道。

"这不是部队啊!"母亲告诉他,"入乡随俗吧。"

这一天,听说生产队里的山芋急需要收,他觉得自己的身体似乎好了一些,终于坐不住了,便悄悄地拿起农具到地里收山芋,想为家里挣些工分。一连多少天没下过田,突然到了田里他有一种说不出的兴奋,一兴奋他越干越带劲。

"老五啊,身体好多了啊,能干活啦?"同在地里干活的大平见到王能珍下田也为他高兴,便和他聊起来。

"是啊,我们几个人,今天要把这块地的活全部干完啊!"就在他边干活边说话时,腹部隐隐有些烧灼感。

他预感不妙,立即停下来,用手捂着。但越捂越疼,他只得蹲下来,用手使劲地顶着胃部,脸上的表情异常痛苦。

"能珍,怎么了,胃又痛了吧。"大平赶紧跑过来,将他扶起来,"你这样的身体哪能下田干活呢? 赶紧,我送你回家吧。"

"过一会儿就行了,没事的,千万别让我妈知道。"王能珍抬起另一只手,向大平轻轻摇了摇。

在电线杆上靠了半小时,他才缓缓地爬起来,带着复杂的心情向家的方向走去。

落日的余晖照在宁静的水面上,照着王能珍瘦弱疲惫的身影。

到家后,胃疼一阵强似一阵。母亲回来了,看到儿子这个模样急得眉头直皱。

"五子呀,谁叫你到地里干活,你怎么不听话呢? 家里不需要你的工分。"母亲训斥着,"你给我马上到县医院去!"

七弟王能静回来了。王能珍比这个弟弟整整大 10 岁,每次他从部队回来总会给他带点吃的玩的,说部队里的新鲜故事给他听。

"小七啊,快去喊你大哥或者二哥,送你五哥到医院。"母亲吩咐。

王能静飞也似的跑出去。一会儿大哥二哥们过来了。

"老五,我早就叫你去,你就是不听话,非逼得妈生气。"大哥见王能珍一副病快快的样子,对他说。

见大哥要强行带自己走,王能珍把他手一推,吃力地说:"你们都走,这个是慢性病,慢性病要慢慢治。再说,我手边也没有多少钱,剩下的这点钱还有用。"

"有什么用? 又去救济谁? 我们不反对你救济,可是自己的病也要治啊!"大家一起责怪他。

"小七子马上就要升初中了,这点钱留给他读书用。"王能珍说道。

"小七子就你别管了,这是我们的事。再说,他已经读到小学毕业了,比你当年读得多多了,读不起就回来。"母亲说道。

"那不成,无论如何要让七子读中学。"王能珍半咬着牙说,"我那个时候家里条件太差,没上学是没办法,你看现在日子比过去好了,小七子无论如何要读书,我家兄弟七八个除了大哥上了师范外,不能其余的都是个大老粗,不读书怎么能跟上时代?"

无论大家怎么做他的思想工作,王能珍就是不肯上医院,大哥一气之下只得走了,其他兄弟也跟着走了,母亲也不理他了。

只有七弟在旁边陪着他。

"小七,答应我,你一定要把书读下去!"

"我答应你,你也要答应我好好爱惜自己的身体!"

"我答应你!"王能珍笑了,紧紧握着弟弟能静的手。

3　爱心赊账

不是惊天动地
不是豪言壮语
来自心底的善良
温暖了贫苦人的一生

白驹过隙,一晃一年多过去了。

1977 年 6 月,万里调任安徽省委第一书记。来到这个农业大省,他最关心的是老百姓能不能吃饱穿暖。他常常把苏产"吉姆"轿车远远地停在村外,自己步行入村仔细考察。

　　他看到的是一个个触目惊心的场面。贫穷，让这位省领导为之落泪，为之难眠。

　　他走进大别山腹地金寨县，发现一个老人和两个姑娘连一条裤子都没有，严寒中只能蹲在锅灶口取暖。在凤阳县前进生产队，生产队长一家十口人，只有一床被子、七个饭碗！

　　王能珍的村子里，大家也是一样的贫穷，都是在温饱线上挣扎。

　　自从去了趟县医院后，他的胃痛好长时间没有复发了。他很高兴，心想可以为家里挣些工分，也能下河去捕鱼改善一家人的生活了。

　　正当他为身体的好转而高兴的时候，另一件喜事来了。

　　这天，大队里张书记兴冲冲地来到他家，告诉他们一个好消息："能珍的事总算解决了。当售货员，就在我们大队的供销社分社。"张书记高兴地说。

　　这个供销社是农村凭票购买基本生活用品的地方。分社也就是代销分店，是全大队里唯一的一个分店，离王能珍家不远。

　　在那个时代，能进入代销店当售货员是很让人羡慕的。王能珍能进入，是因为他在部队的优秀表现，加之身体不好需要适当照顾。

　　"五子啊，当售货员一定要认真仔细，千万不要算错账，不要轻易给人乱赊账，特别是家里人。"母亲放心不下，嘱托他。

　　王能珍连连点头："放心吧，妈，我一定能做好的。"

　　进入代销店后，王能珍每天早上提前到店，将店里打扫得干干净净，柜台擦得一尘不染。下午下班时又将账算得清清楚楚。

　　店里另一个售货员阳之江（化名）总是说，能珍来了以后，自己很轻松，不用劳神。

　　由于王能珍工作勤快，待人热情，自从他到店里以后，过来买东西的人似乎变多了。大家喜欢来，来了喜欢逗留，家长里短的，他总是热心地听着,遇到人家有疑惑就热心解答。

"能珍啊,今天你一个人在店里呀?"这天,村里的李妈过来了。

"是的,今天我和杨叔调休。"王能珍说,"李妈,想买点什么呀?"

"买一斤盐,一斤洋油。"

"好的,你等着,我来弄。"

"唉,媳妇坐月子,想吃点红糖都吃不起,娘吃不好,孙子也可怜啊!"李妈看到柜台上的糖不由得叹息地说,"家里穷,借钱都借不到。"

王能珍听了这话,心里"咯噔"一下。

李妈小心翼翼地将仅有的几毛钱和盐票、油票点好,递给王能珍。当时,计划经济,商品要凭票购买。

看着李妈离开的背影,王能珍心里有说不出的滋味。

"李妈,李妈——"李妈身影快消失的时候,王能珍叫了一声。

李妈听到喊声,本能地回过身来看了看。

"李妈,你回来一下。"

"什么事,钱错了吗?"李妈不解地问。

"没有,你家有糖票吗?"

"糖票?有。"

"带来了吗?"

"没有。"

"这样吧,你回去把票讨来,我先给你赊一点。"

"赊?代销店是公社的,从来不赊账呀!"李妈疑惑地说。

"你先别管,你把票讨来,总不能让媳妇坐月子没糖啊。"

"哦,太感谢你了。"李妈听说能给她赊,匆忙跑回去。

一会儿,李妈将糖票递给王能珍。

"拿去吧。"王能珍用手指了指说。两斤早已包好的红糖像放大了的粽子,早已放在柜台上。

"谢谢啊,太谢谢了,我一有钱就还你。"李妈说着高高兴兴地走了。

第二天,阳之江一看账单上有个一块四毛六的欠账,心立即沉了下来。

"能珍啊,这里有个欠账,怎么回事?"

"哦,是……是李妈的,她家媳妇坐月子,家里买不起红糖,我看她实在可怜,就给她赊了两斤。"王能珍解释说。

"能珍啊,你这是在犯错误呀!"阳之江定了定神开始说,"供销社是从来不允许赊账的,这是上面的规定。只要开了头,就麻烦了,这对上面怎么交代呀? 我在店里这么长时间,就是亲娘舅过来都不赊!"

"是,我也知道。"王能珍直点头,说,"我先给她垫上吧。"

"你要愿意垫那也行,不过我劝你以后可不能这样。这年头,谁家日子都苦,赊账的口子一开,你看吧,无法收场。"阳之江告诫他。

过了一段时间后,李妈又来了。王能珍起初以为她是来还钱的,随后感觉不像。

"能珍啊,上次的两斤糖钱还是要拖一段时间。"李妈吞吞吐吐地说。

"不要紧,我已帮你垫了,以后有钱的时候再还。"王能珍笑着说。

"不过……"李妈开了口又打住了,随后鼓起勇气说,"家里小娃子刚出生,洋油也没钱打,一到晚上就黑灯瞎火的,这日子真没办法过哟!村里就你人好,我想再赊一斤洋油。"

"哦,这样呀。"王能珍心里愣了一下,显得有些为难。

"真要不行就算了。"李妈说着就要走。

"你等等,我看看我口袋里有没有带钱。"王能珍找了找,找到了钱,便给她打了一斤油。

"五子啊,你真是大好人啊。上次差你一块四毛六,这次又差你五毛二,一共一块九毛八,一有钱就还你。"李妈激动地说着走了。

王能珍人好的事传开了,村子里有困难的人都找他赊账。他都先用自己的钱垫着,每个月的工资都贴出去好大一部分。

4 好房子留给弟弟

自己扛起艰难

让一缕柔风

为亲人 送去温馨

1978 年,安徽大旱。

太阳像火球一样炙烤着大地,池塘里的水逐渐干涸。

田里因为缺水而干裂,一块块缝隙间可以塞进手指,庄稼都枯萎了。

随后,人畜饮用水也成了问题。大家都去汪溪河挑水,挑回来自家吃,也喂牛喂猪。

干旱不见缓解。安徽大部分地区,整整十个月没有下过透雨,汪溪河也逐渐露出河床。巢湖的水都快干了。有的县连饮用水都没有,靠汽车从远处运送。到小麦下种时,因为缺水,没法发芽,只能打井取水。

找王能珍赊账的更多了,即便他把自己微薄的工资全搭进去,有时还不够。因为他人缘好,许多人还求他出面去借米借粮。他只得白天去代销店,晚上走家串户为日子没法过的人家借米度日。

这一年,王能珍二十三岁了。男大当婚,在别人的介绍下,他和本村姑娘付德芳订了婚。

有人说他家弟兄多,家底薄,今后日子会苦的。付德芳不以为意,自从王能珍去参军那一天,她在人群中看着身穿军装格外英俊的他就心生爱慕了。

一个冬阳和煦的日子,王能珍和付德芳正式结婚了。请裁缝做了几件新衣服,置了一张床和一口锅、几个碗、几双筷及必要的家具,一场简单的喜宴后,他们就正式步入婚姻生活。

王能珍很满足,他把幸福装在心里。他觉得幸福的日子不是靠上一代给的,要靠自己去创造。

这一年 12 月,十一届三中全会召开。

王能珍认真地听着广播,他感觉播音员的情绪都格外激奋。全会的中心议题是讨论把全党的工作重点转移到社会主义现代化建设上来。改革的春风在神州大地浩荡。

王能珍了解到党将要对农村实施一些好政策时,更是像打了兴奋剂一样高兴。他常常读报,将报上看到的好消息读给妻子听,憧憬着未来美好的日子。

树大分权,子大分家。一年后,根据传统,王能珍的母亲提出分家。

家里唯一像样的家产就是五间简陋的土基瓦房。母亲考虑到老五结婚不久,又有了孩子,想把好一点的两个房间给他。

付德芳很高兴,分家了,自己和丈夫带个孩子,一定会把日子过好的。可每每要正式分家的时候,王能珍却总是拖着,好像有什么事摆在心里。

"你怎么啦,怎么分一家人都定好了,为什么又拖着呢?"付德芳不解地问。

问了许久,王能珍对妻子说:"跟你商量个事,我们能不能把好的房间让出来?"

"什么,让出来?"付德芳很不解,"女儿都出生了,我们也需要家啊!"

"我们已经成家,我有工作能拿到工资,只要有个窝就行了,后面得靠我们自己干了。老六、老七还没有成家,没有个好点的房子将来怎么讨老婆成家?"

"你照顾两个弟弟我没话说,可前提是我们母女要有地方住,要能遮风避雨啊,那废弃的房子能住人吗?"

王能珍不说话,内心没一点动摇。半晌,告诉妻子道:"你和女儿是我亲人,我怎会忍心让你们住破房子?但毕竟我们有个家,放心吧,我会努力盖房子的。"

消息传到付家,付家也是不太高兴。虽说弟兄情深,可是也不能太苦自己啊!

付德芳又回来做丈夫思想工作:"你不能只考虑你们家,考虑两个弟弟,一点不考虑我爸妈的感受。我也理解你的心情,但你这样做,外人怎么看我们家?因为你有病,我要嫁你时我的一些亲戚反对,我爸妈是顶着压力同意的,他们就是看中了你这个人,现在你却一点不考虑他们的感受,这不是太让他们失望了吗?"

"你爸妈的恩情我会记在心里的,不过这个事就这么定吧,相信我们很快也会有好房住的。"王能珍很坚决,不由分说。

在王能珍的一再坚持下,五间土基瓦房全部让给了老五、老六,而他却带着妻子和孩子住进一个废弃的破房子里。

虽然花钱给房子做了修缮,但破旧的房子依然难挡风雨。阴雨季节,房子上下漏水,甚至有倒塌的危险。

丈母娘心疼他们一家三口,只得腾出自家房子给他们住。

5 科学种田

像海绵汲取知识
像蜜蜂辛勤耕耘
满园春色里 有灿烂的花朵

1978年冬季播种,因为缺水,许多地方出现严重的抛荒现象。

这时,万里主政下的安徽省委提出"借地度荒"的办法:凡集体的无法耕种的土地,可以借给社员种麦、种油菜,每人可借三分地,并鼓励农民开荒多种,谁种谁收,国家不征粮,不分统购任务。

这一措施立竿见影,激发了农民的抗灾热情,全省最终超额完成了播种计划。第二年,油菜丰收了。农民自家的三分地和开荒地的收成全部归自己,他们一下子尝到了甜头。

接着"借地度荒",凤阳县小岗村生产队秘密搞起了包干到户,掀起了中国农业改革的序幕。

芜湖县黄池公社西埂生产队本在"借地度荒"中率先实行包产到户,小岗村的做法被肯定后,芜湖县其他大队很快也分田分地。

王能珍的小家庭分到了三亩二分水田和三亩山地。

分家以后,王能珍一面兢兢业业干好供销店的工作,一面把所有剩余时间拿来和妻子一道经营庄稼,小日子慢慢好转。

好长一段时间,王能珍的胃病没有犯。他高兴地对妻子说:"我的身体终于没事了,这几年把你一个人累坏了。从现在起,我要承担起责任,好好种田,科学种田,争取明年能有一个大丰收。"

他到县城新华书店买了种田的书,自信地说:"科学种田,五谷丰登。有了这本书,我们日子会越来越好。"

王能珍整日把书抓在手里,认真学习钻研。他觉得种庄稼比研究军事武器简单多了,关键是掌握庄稼的特性。

他从书本上得知,有种植物叫红花草籽,也叫紫云英,是两年生草本植物,匍匐多分枝,高可达 30 厘米,2 月至 6 月间开花,肥田效果好。

他去外地买回红花草籽的种子,按书本上说的,用细沙搅拌,将种子表皮蜡质擦掉,以提高种子吸水度和发芽率。随后,用盐水选种,清除病粒和空秕粒,用尿水浸泡后晒干。

10 月份的中午,他与妻子一道,将种子播种进自己的田里。

带着希望,他没事就去田间看着。果然,种子发芽了,嫩嫩的,惹人喜爱。

红花草籽喜潮湿,他夫妻俩隔三两天便浇一次水,小禾苗苗壮成长。

过完年,和风吹拂。田里的红花草籽沐浴着春风,发了疯一般生长,一天一个样,生机盎然,厚厚地铺满田块。

几场春雨过后,在春阳暖照的天气里,它们的花便开始慢慢开放。

紫色、粉红色、白色,开始时一点两点,经过一夜春露的润泽,立马蔓延成了一团团、一簇簇。碧绿的叶子簇拥着朵朵小花,将田地铺展成一块姹紫嫣红的地毯。

付德芳将又肥又嫩的秆子采摘回来,洗净沥干。加大柴火将锅烧热,淋上油,"刺啦"一声,将秆子倒进锅里爆炒。

端上桌子,女儿和儿子吃得香喷喷的。

村子里的人都去他家田里采摘红花草籽秆回来吃。付德芳舍不得,王能珍说:"随他们吧,长得这么旺,吃不尽的,反正最后也要犁进土去肥田。"

"五子,你家这红花草籽长得这么好,能不能卖给我们?"周边村子有不少人前来询问,他们想买回去肥田或者喂猪。

"可以的啊,你们买去试试看,是不是能提高产量。"王能珍告诉大家,"种田要讲科学,不能盲目去种,花费了精力没有收成。"

稻秧一天天长高。王能珍卖掉一半红花草籽,剩下的深翻进泥土里,随后插秧。

气温日渐升高,红花草籽在泥水和气温的作用下发酵,成为肥料。

稻棵有了肥力,茂盛地生长。

双抢季节来临,王能珍种的水稻黄澄澄的,路过的人看了都赞叹不已。

这一年,粮食收成比往年多了许多。

日子过出了滋味,王能珍夫妇高兴,母亲高兴,岳父、岳母也高兴了。

一对恩爱夫妻、一双可爱儿女、一个幸福的家庭,他们成了别人羡慕的对象。

6　当爱心被误解

有一种爱　叫春风化雨

有一种情　叫默默奉献

1983 年以后,全国范围内陆续取消人民公社制度,在人民公社的基础上重建乡体制,乡重新被确立为农村基层行政单位。

随着社会的发展,王能珍村子里的代销店要进行改革,对外承包。

"能珍,承包是个好事。"付德芳对王能珍说,"我们承包下来,你口碑这么好,生意一定比现在要好。"

"既然是对外承包,那是由大队里说了算。"王能珍回复妻子道。

考虑到王能珍的身体现状,付德芳便说道:"好多人眼睛都盯着,都想承包。你和阳之江本来就是售货员,应该优先承包,难道你不想要吗?"

沉默了好一会,王能珍说:"估计不行,阳叔也想干,他跟我说过。我怎么能与他争呢?"

"他年龄大,账都算不好,你是带病复员,是组织安排的,按理也应该你承包。今晚你拿点东西到书记家去一趟。"

"算了,我一个党员,一个退伍军人,不能拉关系套近乎。"王能珍坚定地说道。

"算了,这样的事情你也干不来,死要面子活受罪,你不去我去。"

"我俩是一家人,你去不也代表我去吗?真的,这小店其实也没什么大不了的,只要不好吃懒做,人还能饿死不成?只是……"王能珍沉下脸来继续说,"我毕竟是个党员,不能去与他争呢!"

"你怎么什么都让,可有一个底线?"付德芳说着不理他,要出去买东西。

"我求求你别去,他想做就给他吧。"王能珍冲到门口一把拦住了妻子,沉下脸来继续说,"毕竟他年龄大,没有这个店就没有生活来源!"

见他这样坚决,付德芳气呼呼地到厨房做饭去了。

过了一段时间,承包的事正式确定,由阳之江承包。

付德芳跑去找大队书记问原因,同时说了说自己的家庭状况。

"我理解你们的难处,这个事我和能珍私下里交流过,是他自己同意的。"

付德芳实在无法理解丈夫的行为,一连几天都在生气。

"这几天我一直在思考,现在不是政策放活了嘛,鼓励私人干。我们就在自己家里开个店怎么样?"

　　付德芳被他这个话说得有点触动,但怨气还是难以平复,问道:"开店要市口,那个店地段好,离学校又近,在家里怎么开?"

　　"地段是不如那里,但我们和阳叔各做各的,又不是不能做。"王能珍劝道,"三中全会之后,落实了责任制,家家户户积极种田,收入增加了,老百姓的生活需求会越来越大,我们这样的村开两个小店没问题的。"

　　"那好吧,到部队待了几年,脑子还是活泛的。"付德芳满肚子的气似乎一下消失了。

　　说干就干,店很快就开了起来。因为人缘好,大家都愿意来他家买东西。

　　由于店是王能珍自己开的,前来赊账的更多了,大部分钱不能及时还上。虽然账面上确实赚了,但其实家里空空的,连进货资金每每都成了问题。

　　这天,夫妻俩为进货的钱发愁。王能珍硬着头皮说再找岳父借一借。

　　"天底下哪有你这样开好人店的?"妻子埋怨起来。

　　每当听到妻子的埋怨,王能珍总是有苦难言,劝道:"人家有钱会还的。"

　　"有的人家你要上门去要,有些人有钱也不愿意还的。"付德芳说道。

　　"你看老吴欠账快一年了,我都以为没得还,昨天不是把钱送来了吗? 要相信人家嘛!"

　　"李老婆子家的钱快去催,听说她儿子前些日子抬石头挣了钱。"付德芳提醒道。

　　"你没听到呀,他儿子抬石头时腿给砸了,现在正需要钱看病呢。"

王能珍接过话说。

正在他们为赊欠而争吵的时候,阳之江过来了。

"哟,阳叔,过来有什么事吗?"付德芳问。

阳之江不说话,脸挂得有些长。

"阳叔,怎么啦?"王能珍夫妻俩一脸的疑问。

"你们开店,我一点没意见,国家允许嘛。但不要赊来赊去的,想拉生意也不能这样拉啊!"阳之江说。

"我俩正为这事在吵呢,赊账不是要拉生意的,他就是那样的人。"付德芳有些委屈地说。

"谁知道你们是有意的还是无意的,做生意要厚道,不要装糊涂。"阳之江继续说道,"人啊,有饭都要吃一口,不就是想把我的店赊倒吗?"

"阳叔,实行责任制后农村经济好了,周边几个村子,开两个店大家都是有生意做的。至于你说的赊账的事,我确实不是为了招揽生意,你要相信我。"王能珍说道,"大家来了,流着泪说困难,也确实困难,人家媳妇生孩子买几斤红糖,家里晚上没有油照明,你难道就不给货? 是的,你做得出来,我真做不出来,这乡里乡邻的,本就应该互相帮衬啊!"

"好,我不跟你们说,你们等着!"阳之江说完就气冲冲地走了,一面走一面自言自语地说着,当然是一些气愤、辱骂的言语。

面对阳之江的突然到来和责问,王能珍有种说不出来的感受,心里很不是滋味。

"我叫你别乱赊账,你非要乱赊,做好人,苦自己还得罪别人,你觉得这划算吗?"付德芳心里像沸水一样翻腾着。

王能珍坐在那,一言不发。眼里是热泪,是无奈,是无助。

7　为村子让路

　　我爱你　亲爱的家乡
　　多么希望　你早日富强
　　我愿默默　把赞歌吟唱

　　就在两人被阳之江的一通话说晕的时候,有人急匆匆跑过来,告诉付德芳:她爸和人家吵起来了。

　　付德芳转身就跑,王能珍也紧跟而来。

　　远远地就听到一片吵嘴声。当他们赶到时,那里已经围了一大群人。

　　"哪个敢挖? 敢就在我身上挖过去!"付德芳的父亲坐在地上,对着生产队长和施工人员愤怒地说。

　　原来,为便于与外界的沟通,村里要修一条4米宽的道路,这条道路正好要经过付德芳娘家,大门前的晒谷场要切掉三分之一。付父坚决不同意。

　　生产队长说:"老付啊,希望你能从大局出发,不能因为你家要晒东西而影响这条路的修建呀! 村子要发展,路很重要啊。"

　　"我早就告诉过你们,你们居然还是这样做,这不是欺负人吗?"付父声音很大,质问队长。

　　"这是村里共同决定的。你想想看,这条路也只有经过这里才能让村里所有人家受益,你说怎么办?"

　　"我马上就要圈院子的,你们看砖头都准备好了,要修路我不反对,绕着走通到天上我都没意见。"付父毫不让步。

"我说老付呀,你的女婿是个党员,修路开会时你女婿代表你同意了呀!"

"你别跟我提女婿,提到他我更来气。他在供销店干得好好的,小店一承包就把他踢出去了,他是在部队立过功、在部队得了病的,你们哪个为他说了一句话? 现在修路需要我的晒谷场,就跟我说公事、说党员啊!"

这还是三个多月前的事了,当时村里决定修路,涉及六户人家的地基、晒场、鱼塘或坟地。当队长征求意见时,户主们考虑到自身利益受损,加上还要些集资,没有一个同意的。

老付本来思想算开明的,就因为大队不把小店承包给王能珍,对此耿耿于怀,闹情绪不参加修路会议。

没想到会上王能珍却表态:"修路是我们村里做梦都想不到的好事,眼前可能我们要受点损失,但长远来看一定利远大于弊。今天我老丈人没来开会,我就代表他表个态,我丈人家我做个主,一定全力支持。"正是王能珍的这个举动,一下子将修路的事启动了。

本是想为他争气,他却擅自做主,老丈人气得多少天都没和王能珍说一句话。

队长看着坐在地上的付父,抱歉地说:"当初是综合考虑实际情况,才选择阳之江的,的确对不起王能珍。"

"没什么对不起,现在你们的路就从他家的晒谷场过去不好吗?"

"老付,你这叫什么话,你怎么扯到我头上来了?"刚刚从王能珍家出来的阳之江正好赶到,质问起来。

两人你一句我一句,说着说着动起手来,阳之江一把抓住老付的衣领。

付父也是个倔脾气的人,一手抓住阳之江的手腕一掰,另一只手狠狠地一推,阳之江便摔倒在地上。

在众人面前出了洋相,阳之江哪里肯饶?他在地上捡了根棍子,扑上去就是一棍。付父一低头让过去了,在地上捡了块砖头就要砸。

队长眼疾手快,从背后一把抱住阳之江,其他人抱住付父,一场可能要伤人的争斗被阻止了。

阳之江一蹦一跳,骂骂咧咧。付父也是气得火冒三丈。

待大家平静下来,王能珍硬着头皮对岳父说:"爸,说错了您不要生气,我觉得路肯定是要修的,不修我们这个村子的交通永远闭塞。如果大家都不愿做出一点点牺牲,那村里什么事都干不成。"

"你……你什么意思?你在部队待过几年,怎么枪杆老是倒扛起来?"老付脸色铁青。

"爸,你听我把话说完啊。"

"你……你给我滚开。晒谷场是我家的,你有什么资格代表我?还在这里讲大道理!"

"爸,你听我说……"

"你给我立即闭上嘴巴,你'好人'居然做到我这里来,从今天起你们一家从我家里搬出去,不要再住在我家。"岳父气头上下了逐客令。

队长一看这形势,只得宣布暂停施工。

为了消岳父的气,王能珍只得丢下付德芳和孩子,一个人回到长时间没住过的破屋子。

晚上偏偏下起了雨。屋里到处是霹里啪啦的漏雨声。

心里的滋味确实不好受,但王能珍一点也不恨他。他知道老人家其实通情达理,只是在为自己鸣不平。

他何尝理解自己的内心呢?

整个后半夜,他翻来覆去睡不着,想着如何才能说服老人家。自己住破房子不要紧,绝不能因为自己的家事而耽误村里修路啊!

第二天早上,头昏沉沉的王能珍准备回去向岳父赔礼。他刚走出屋子,妻子就过来了。

"等他气消了再去说,他是懂道理的。"付德芳说道。

"好的,听你的!"王能珍抬头看着雨后升起的太阳,红彤彤的,很有生机。

"我跟你商量个事情,我们的小店不要开了,反正也都是赊账。"付德芳说道。

"就听你的,不开了。"王能珍说。

王能珍把小店停了,加上村支书记说理,阳之江也觉得对不起他们夫妇。

一天傍晚,夕阳还挂在天边,蝉在村子里的柚树上发出阵阵鸣叫。

阳之江在村头找到王能珍,向他道歉:"对不起,晚上请你到我家喝酒,咱俩谈谈心。"

"他不可能到你家的。"付德芳一口回绝。

"酒就不喝了,有什么话就在这里说吧。"王能珍原谅了他。

过了几天,大队书记请付父去喝酒。

大队书记的面子不能不给啊,付父兴致勃勃地来到他家,生产队长、阳之江、王能珍都在。付父一看便明白,心想这不是鸿门宴吗?

他转身想走,书记一把拉住了他:"席都摆好了,就等你呢!"

大队书记第一杯酒端起就敬付父。付父有点受宠若惊,长期积压在心里的气消了一大半。

"老付啊,我作为一个老兄弟,今天向你赔个罪,能珍的事当时我确实也有些对不住,但也确实有特殊情况。当时店给老阳,是因为他得了重病,不让说,我想老阳时间不长了,以后还是你女婿的。可没想到,老阳的病只是虚惊一场,没事了。"

说完,书记又一次端起酒杯对着付父一饮而尽。

老付听到这个情况心里一震,迅速端起酒杯一饮而尽,说道:"原来是这个情况,当时说了我们也理解啊,身体没事就好,这比什么都强!"

阳之江端起酒杯,笑着站起来敬付父的酒。几杯酒下肚后,付父也没说什么,后面的一切都迎刃而解了。

酒席结束,人都走后,书记拉着王能珍的手激动地说:"多亏了你的高风亮节,没有你的这么个安排,你家那个倔老头子恐怕真要把这个路给挡住啊!"

第二天,修路继续。

不久,路修了起来,村子与外面世界的距离拉近了。

8 救急不救懒

借我一缕阳光

心田 自然灿烂

走过严冬 期待花开

当时种庄稼靠农家肥和绿肥,也很少用农药除虫,加之粮食品种问题,产量普遍不高。每到青黄不接的时候,许多人家便断了炊。

这天下午,王能珍卷起裤腿,吹着口哨到田里去干活。自己田里稻穗灌满了浆,马上就要丰收了。他满心欢喜,感谢科学种田,感谢在部队识了字、学了文化!

半路上,听到有人一颠一颠地跟在后面喊:"老五,老五,找你有个事。”

王能珍回头一看,原来是村里的李妈。

“哦,李妈是你呀,有什么事?”王能珍放下手中的锹,停下脚步。

“老五啊,我真不好意思跟你开口,但不开口实在不行,家里小孙子快要饿死了。”李妈眼睛里含着泪,很伤心。

“怎么回事?是……”王能珍已猜到是没米下锅了。

“村里都借遍了,真不好再借。老五啊,你是解放军,是个党员,能不能帮我借几斤米,过了眼前这一关?”

王能珍瞅了瞅李妈,知道她赊了店里的东西还没还清,现在借米妻子是一定不同意的。但人家已经到了这种地步,怎能狠心拒绝呢?于是对她说:“好,你跟我来吧。”

王能珍掉头回家,直冲到房间里的米缸处,打开盖子看了看,缸里只有垫底的米。他用手拢了拢,没有几斤。

“你不是到田里去吗?怎么又回来了?”付德芳放下锄头,出现在门口。

原来,王能珍前脚到家,付德芳后脚也跟着回来了,她看到李妈拿个筲箕,知道这是来借米的。

“我家就这么点米吗?”见到米缸里所剩不多的米,王能珍问道。

“是的,怎么啦?今晚不够吃,正准备出去借呢!”妻子故意将话说给李妈听。

生怕妻子再说什么伤了李妈的心,王能珍二话不说就往外走。

“哎,你要干什么去呀?”付德芳问。

王能珍没有答复,跑了一圈,借来10斤米赶紧给了李妈。

“你为了帮别人这都借遍了,我们缺米去哪家借?一家几口晚上喝西北风啊?”付德芳非常生气,“晚上家里的米你负责!”

"人家借不到呀,乡里乡亲的,怎能见死不救? 真饿死了人,是罪过啊!"王能珍解释着,希望妻子能理解。

"唉,你王能珍净做大好人、活菩萨,我跟着你受苦啊!"付德芳气呼呼地提着篮子到菜地里去了。

付德芳走后不久,隔壁大桃村的张大金又过来了。

"老五啊,你家今年收成好,我家里没米下锅,借点米吧。"张大金拉个苦脸说。

王能珍更是一脸尴尬,半天不知说什么好。

"我们晚上也没米下……"王能珍一个"锅"字还没说出口,突然停住了,他想,人家从其他村子来借米,怎能拒绝呢? 去碾一担吧,便说:"你等着,稻子在我丈母家,我挑去碾,不过要等一会儿,你们晚上来得及吗?"

"来得及,比没米下锅好。五子呀,真感谢你呀!"

王能珍匆匆跑到丈母娘家,将仅有的大半担孝敬稻从稻仓里弄了出来,挑着去碾。

碾好后,他将米借给了张大金。

妻子听说王能珍居然将送到母亲家的稻子又挑走了,心里更加生气:"我妈经常给我们送米来,我们孝敬一点稻子,你居然又挑走,让我妈怎么想?"

"老妈通情达理啊,她听我说明情况后,二话没说,鼓励我搞快点,别饿死人了。"王能珍嗞着嘴打趣地说,"我们要向老人家学习,提高觉悟。"

"到时候别自个饿死了。"付德芳很无奈。

"我科学种田,有一块田的稻子已经透黄,个把星期就可以提前收割了,能接上的,饿不死。"

"村里人家多啦,怎么偏偏跑到我们家来借?"

"党员嘛,我是个党员,思想觉悟应高些,不能见死不救。"王能珍语重心长地说,"人家来借,说明我们日子还可以,这是好事啊,应该高兴,笑一笑!"

付德芳被他说笑了。

王能珍家新碾了米,三豹(化名)不知怎么听到风声,也提着个筲箕赶来。"老五啊,我家没米下锅,麻烦你借点吧。"

三豹年轻力壮,却好吃懒做,整日无所事事。王能珍一听他要借米,继续忙自己的事,用石块磨着锄头,磨得闪亮,却不看他一眼。

三豹以为他没听到,大声说起来:"老五,听说你家新碾了米,借点米给我,过些日子就还你。"

王能珍继续磨着锄头,磨好锄头又磨锹,没有吱声,仿佛身边没有人一样。

"哎,老五啊,怎么回事啊,不想借呀?"三豹感觉不对劲。

"没米借了。"王能珍沉着脸说。

"你家明明有米,刚才老张他们都来借了,怎么就独独不借给我呢?看不起人哪?"

"不借!"王能珍抬头看着他,坚定地说。

"都说你是好人,就这样做好人呀?还拣着做?借点米都舍不得?"三豹生气了。

"要借行,你把前两次借的钱先还了,我马上借给你。"

"不就那几个钱嘛,两回事啊。唉,李妈也欠你的钱,她借米你怎么借了?"

"她一个大家庭,是真的困难。"王能珍说道。

"我也真的困难啊!一粒米都没有。"

"你一人吃饱全家不饿,有腿有脚的一个大劳力,怎弄得没米下锅呢?"王能珍反问他。

"好,你等着,没你的米我饿不死的!"三豹知道他铁定不借,气呼呼地走了。

听到吵闹声,付德芳跑了出来,看到三豹气愤的身影,便问丈夫:"前头借了两家,独独不借他,怎么回事?"

"谁都可以借,他不能借。你看他年纪轻轻,家里有田不好好种,整天游手好闲,就是个混混。这样的人,你借给他就是害了他。"

"可是,君子好惹,小人难缠,你得罪了他,到时候要坏你事的。"付德芳担心着。

"村子里要是都纵容这样的人,都像他这样,那大家日子都好不起来!"王能珍告诉妻子,"我们不能纵容。"

这时,老七走了进来,问道:"五哥,三豹来借米了吧? 我刚碰到他,气呼呼的。"

"是的,我没借。"

"三豹看上了隔壁村柳妈的女儿,还经常动手动脚的。柳妈不同意。不过柳妈家太穷,早就没米下锅了。三豹来借,一定是想借米讨好她。没借到,要恨死你。"

"随他恨吧,慢慢地,他会明白这是在帮他。"王能珍说道。

9　象棋不是赌博的

多想天永远蔚蓝

多想风永远清纯

多想人间一片祥和

101

这一年,风调雨顺。

王能珍家的山芋收成特别好,他打算运到大城市去卖。

先将山芋从家里挑到濮阳圩,通过机帆船从汪溪河经过青弋江运到芜湖市。

王能珍之所以选择芜湖,是因为在那里有个"亲戚",到了芜湖后能有个落脚的地方。

说到这个"亲戚",还有一段故事。当年,付德芳的母亲到芜湖市卖米,一个妇女来买,付母随后发现她多付了两块五毛钱。

当时,两块五毛钱能买不少东西呢,付母赶紧喊她,但人家已经走远,根本听不见。

付母十分焦急,在人群里找起来,终于凭着印象中买米人的穿着将她找到了。

"刚才是你到我这里买米的吧?"付母抓住她的衣角问。

"嗯,是的,怎么啦?"对方转过身不解地问。

"你刚才多给了我钱,两块五。"付母说着递过手中的钱。

买米人一阵激动:"啊呀,你真是好人哪,还特意找过来,真的太谢谢你了。"

"不客气,你都买我的米了,我哪能多要你的钱?"

过了几天,买米人和她的老伴到市场上买东西,特意来到付母卖米处和她打招呼。

"你哪里人呀?"买米人的老伴问。

"我呀,芜湖县赵桥乡的。"付母回答。

"赵桥……我想起来了,很久以前我认识的一个朋友就是赵桥的。"老伴说,"你是赵桥哪里的?"

"松园大队的。"

"你们那边出好人呐,我那朋友也是个好人。"他继续问,"你那么老远来卖米,不容易啊,平时在什么地方落脚呢?"

"我们就在市场边上打个地铺,这里有许多打铺的,和他们一样。"

"那睡不好啊。"卖米夫妇有些同情地说。

"我们习惯了。"

"这样吧,我家离这不远,要不你就住我家吧,我家还空了一个小房间,你把米呀什么的就放在我家。我姓濮,以前也做过小生意的。"

"不不不,哪能麻烦你们呢?"付母坚决推辞。

"没事的,我家老濮也是个好人,就喜欢接济人。你要相信我们的话,就这么决定吧。"买米人劝道。

付母想,他姓濮,我家就在濮阳圩,这是不是缘分呀?正在她犹豫的时候,买米人又说:"就这么决定吧,我家房子空着也是空着。我姓王,也是农村里出来的,你以后叫我王姐就行,你来我们还有个伴,没事聊聊天。"

盛情难却,付母也就同意了。

一来二往,双方处得特别好,就像一家人一样。后来,相互关照,结成了亲戚。

这一天,王能珍将近千斤山芋辗转运到老濮家后,累得在椅子上坐着,站不起来。

"能珍啊,你过来怎么不提前通知我一声,我好去接你。"老濮心疼地说。

"没、没事的。"王能珍一边喘着粗气一边说。

"这两天我正好没事,帮你一起去卖吧。"老濮一边打来一盆洗脸水一边对他说,"你先把身上擦一擦,今天好好休息一下,把精神养足。"

第二天一早,王能珍在老濮的帮助下,将部分山芋拉到市场上卖。

由于他的山芋个大味甜,很快就卖完了。

回家时,他特意买来一瓶柳浪春酒。晚上,王姨精心准备了几个炒菜、两个锅子,架上火炉,锅子咕咕作响,香味四溢。

"濮叔,我敬你一杯,感谢你们把我们当家里人。"王能珍站起身恭敬地端起酒杯一饮而尽。

"你说哪里去了,能认识你们这样纯朴真诚的一家人,也是我们的福分。"老濮一脸高兴地说。

第三天早上,王能珍坚决不让濮叔帮忙,一个人拉着板车到市场去了。

卖完回来的路上,他看到一圈人围在一起看象棋。特别喜欢下棋的他也凑过去看看。

去的挑战者和摊主博弈,都是挑战者输,他感觉有点不对劲。

"还有谁敢上? 谁敢上的话,你赢了五块,我输了十块。"摊主竟然得意忘形起来。

"我来试试吧。"王能珍胸有成竹地挤了进来。

王能珍的象棋是在部队跟许道清学的。后来部队里举行文体比赛,他常常获奖。就在来卖山芋的前一个月,乡里举行象棋比赛,他过五关斩六将,居然获得全乡第二名。

摊主很得意,对他这一身农村穿着的人更是不屑一顾。

王能珍执红先下,连走三步后,本来身体歪歪坐着的摊主正襟危坐起来。王能珍不紧不慢,走到第七步的时候,一个马后炮,摊主认输了。

摊主掏出十块钱。王能珍摆摆手:"我们来三盘再说。"

后来两人又下了两盘,摊主输了两盘,脸上有点挂不住,便故意找碴,似乎不想给钱。

"我不要你一分钱,我只是想让你看看,人外有人,山外有山。"

104

"你不要走,我找人来,你再赢我全部认。"摊主对王能珍说。

不到十分钟,一个年长者出现,是摊主的父亲,号称当地一号棋手。

"听说你下得不错,我俩不下残局,下全盘三局两胜。我要输了,前面的三盘加上这三局六十块钱,我一分不少全给你。你要输了,我们前面两平。"

王能珍本想回去,但想到象棋本是娱乐之物,却让他们在这街头将它变成了赌博,自己有必要争口气刹一刹这风气。

第一盘,年长者快步挺进,王能珍小心谨慎。就在王能珍摆好阵势准备进攻的时候,一不小心被对方偷吃了一个炮。擅长马后炮的王能珍一来二去间招架不住,最后被对方逼入绝境而失败。

第二盘开始了,王能珍依然按照前面的棋风,步步为营。就在第十几步的时候,他的马后炮发起威来,一下攻入对方的大本营,吃了对方一个士,还抽了对方的一个车。占上风的王能珍很快杀败了对方。

接下来第三局,王能珍更出手不凡,年长者再次服输。

下棋结束以后,王能珍站起来就走,也不提钱的事,只是说道:"象棋是娱乐的,不是赌博的。"

看着王能珍离去的身影,大家不由得竖起大拇指:"高,高,象棋高手啊!"

10　病床上的心思

就像一盆盛大的火海
心,总是在燃烧
心里的信念　永远

短短几天时间,王能珍运来的山芋全卖完了。

趁着好价钱,他又回了趟家,运了几百斤过来。

这一天,老濮和他拉着一车山芋再次来到市场。突然,王能珍上腹阵阵钝痛,同时伴有烧心、反酸和恶心的症状。

"能珍,怎么啦?"老濮一看情况不对,问起来。

"没事的,过一会儿会好的。"王能珍意识到是胃病复发,但他还是认为痛一阵子就会过去的。

这一次,疼痛越来越厉害,像刀割一样。任凭他再怎么坚强,也难以忍受。

"能珍,不能卖了,赶紧去医院。"老濮轻轻拍着他的背部,一个劲地劝说。

王能珍拼命地拖着板车,哼叫声一声声钻进老濮的心里。

终于到了医院,王能珍脸色苍白。

医生给他进行拍片检查,然后给他输液止痛。

"你是王能珍的家属吧?"一名护士匆匆过来对老濮说。

"嗯,是的。"

"过来一下吧。"

老濮心一惊,匆匆地赶到医务室。主治医生见到他来,有些沉重地说:"他这病拖了许多年吧?"

"是,是的。"老濮有些紧张地回答。

"根据我们的检查结果,初步判断病人是胃癌,很可能是晚期。"

这话如一个晴天霹雳,重重地击在老濮的心头。

医生又说:"暂时不要告诉病人,我们医院的条件有限,建议再到大点的医院作进一步检查。"

"医生,真要是这种情况,还有救吗?"

"这不好说,你再到别处检查一下。你看他的胃部都一个孔一个孔的了,救的希望有些渺茫……"

老濮不敢再问下去,心里在犹豫,不知道怎么对王能珍说,将来怎么告诉他家人。

走到王能珍的跟前,他想装作若无其事的样子,然而手不停地颤抖。

王能珍看到老濮,便问是什么结果。老濮话语闪烁:"没什么大病,胃……胃病,比较重,但没什么的,医生叫……叫我们再换家医院重新检查一下。"

"既然没什么大不了的,就不检查了。"王能珍说。

"不不不,我有个侄子在市三院,明天我们到那里再检查一下。"

当天夜里,王能珍独自一人睡在房间里,但怎么也睡不着,他从老濮的表情,联想到父亲的病,感到大难要降临了。他的心悲怆起来,想起了远在家里的两个儿女,想起了妻子。他觉得自己的身体过去拖了部队的后腿,现在又拖累了家人。

一夜无眠。他推开门,悄悄走到了室外,月儿很美,他坐在一块石头上,静静地坐着。

第二天上午,他执意辞别老濮一家,回去了。

妻子看到他突然回来,有些好奇,便问他怎么回事。

"我回来割稻子。"王能珍说完便拿了镰刀到田里,什么话也不说,只是拼命地割稻。妻子一看,觉得有点不对劲,便也跟着到田里割稻子。

一趟又一趟,王能珍卷起裤脚,跪在稻田里割得大汗横流,也不肯休息一下。他似乎想要拼命地多为家里做些事,还不由得叹口气:"割一趟少一趟啦!"

"什么,什么割一趟少一趟?"妻子不解地问。

王能珍也不回答,继续拼命地割着。这时,一个人站在田头,王能珍抬头一看,原来是老濮。

他惊讶地要站起来,却由于过度劳累,一个趔趄,人倒在了田里。老濮看到他的膝盖上渗出血,脸色煞白。

"能珍啊,医生叫你近期要注意休息,不要太劳累。"老濮一脸忧虑地说。

原来,王能珍走后,老濮就是不放心,他想,必须把真实情况告诉王能珍的家人,于是便特意赶了过来,将检查结果告诉了付德芳。

付德芳装着没什么大事的样子,反复劝他再到市里复查。但王能珍坚决不去:"你们不要劝我。是福不是祸,是祸躲不过。真要是什么大病,也是治不好的,不如开开心心活一阵子,省得倒在病床上,钱花光了,债给你们留一大堆。"

听了王能珍的话,看着他凄惨的样子,付德芳心里在流泪。

就在拖拖拉拉的规劝之中,几个月过去了。乡里也来了通知,王能珍当选上了乡人大代表。

村里有一些低产田和一些沟洼地,他一直想着搞水产养殖,带动村里人致富。这次机会来了,于是他整天兴奋地到村民家走访,并准备材料,要大干一番。

就在这时,他慢慢忘却的胃病又一次爆发似的来了,而且来得比上次还要凶猛。

王能珍心里想,这下估计真的完了,自己快走到生命的尽头了。他的内心只有一个愿望:要参加好这次人代会,要把自己的想法递上去,得到乡里的批准,能够让老百姓一年下来多一些收入。

离开会还有一个月左右的时间,他本想再多买些书,看看如何进行科学养殖,提高产量。但连续不停的疼痛让他不得不同意再上医院检查。

在老濮和他侄子的帮助下,王能珍在市三院住了下来。医院给他进行了全面检查。

躺在病床上,王能珍静静地等待着命运那可怕的宣判结果,心里做好了准备,又默默祈祷有一丝奇迹——自己带领乡亲致富的事还没有完成呢。

大家也都在等待着结果,他们的心都在突突地跳个不停,都不想听到那惊人的结果,都在心里默默地盼望着奇迹的出现。

主治医生过来了,表情异常沉重,付德芳的心都碎了,眼泪不住地流。

"你们也太马虎了,他这病拖了这么久。"医生拿着片子和报告单严肃地对付德芳说,"他现在是胃溃疡晚期。"

听到"晚期"两个字,沉睡的王能珍眼皮一眨,头脑嗡地一下,心想果然是癌症晚期了,虽然感觉天要塌下来一般,但他心里也比较镇定,他清楚自己的病是拖得太久,只能随天意了。

"医生,你不会搞错吧?"付德芳也以为是癌症晚期,但她还是期望不是什么晚期。

"不会的,你看这片子,胃上已是一个孔一个孔的了,赶快住院做手术,估计现在做胃部切除还来得及。"医生说。

"那不是胃癌吗?"比较冷静的老濮问了起来。

"不是胃癌,但要再耽搁的话,就转胃癌了。"

听到不是胃癌,付德芳心里的一块大石头落了地,心里谢天谢地。她深深地倒吸了几口气,喜悦的泪水又滚了出来,立即将情况告诉了王能珍。

双目闭合的王能珍听后心中立马也升腾起一丝希望,他重新自信起来,他觉得自己就是命大,还有许多好事没做完呢,不会就这么简简单单结束一生的。

"不过,要做大手术,胃部大切除。"医生说。

"必须要做吗?"老濮也紧张地在一旁问道。

"你看看,他的胃溃疡已经严重到糜烂的程度,不及时切除,再耽误了时间,就要胃穿孔了,到那时就一点希望都没有了。"医生举起黑白的片子严肃地对老濮说,"现在必须马上手术,一点时间都不能耽误。"

听说王能珍要做胃部切除手术,村里以及周边村的一些手头宽裕的村民都借钱给他,很快筹到了好几百元。大哥、二哥等兄弟们也纷纷将家里能拿得出来的钱都拿出来给他做手术。许多过去跟他借过钱的人也主动还钱,就连阳之江也主动给他送钱来。

王能珍十分感动,他觉得村民们太善良了,自己病好了一定不能忘记大家。

付德芳也感动得流泪:"你是对的,今后你要做的一切,我都理解,都支持,好人有好报!"

医生通知做手术,胃要切除五分之四。

付德芳大惊失色,担心地问:"切了那么多,还能吃饭吗?"

"胃有伸缩功能,不会长大,但通过逐步适应,一般都是可以正常进食的。"医生告诉她。

"切就切吧,不要问那么多了,哪怕剩下十分之一,只要能活下来就行。"王能珍变得淡然起来。

很快,王能珍便被推进了手术室,四个多小时后,他才被推了出来。

"怎么样呀?怎么样呀?"妻子看着被推出来的双眼紧闭的丈夫,无比焦虑地问医生。

"胃虽然被切除了五分之四,但手术很成功。"医生告诉王能珍的家人说,"今后要好好保养,少干活。"

"不干活不干活,有命就行!"王能珍的大哥、二哥说道。

过了很长时间,王能珍才微微地睁开眼。

看到丈夫睁开了眼,妻子一时激动得流出了眼泪。她的眼泪为这个命途多舛的丈夫终于做完了手术而流,也为几经失望又有了希望保住了命而流。

躺在病床上的王能珍渐渐恢复,能说话了,付德芳陪他聊着天。

她在他的一件衣服口袋里突然翻到一张照片,是去年一家四口的一张合影,便问:"这照片我放在箱子里的,怎么跑到你的口袋里来了?"

王能珍半天没有说话,眼眶含泪。

"这个照片是我收藏了的,你怎么找到的?"妻子又问。

"这次进医院我怕我会出什么意外,再也见不到两个孩子和你了,来之前偷偷地带来的,关键时候想看一看。"王能珍淡淡地说。

躺在病床上,王能珍祈祷自己能早日康复出院。他挂念着人代会,惦记着自己带领村民致富的方案。

就在他快要出院的时候,病房的门被推开了,进来了两个人。王能珍仔细一看,突然惊叫了起来:"陶传文、许道清,是……是你们。"

"王能珍!"陶传文笑着上前和他拥抱了起来。

"病养得差不多,声音大了呀!"许道清笑着说。

"你们怎么知道我在这里看病?"王能珍好奇地问。

陶传文用手指指许道清,说:"不是道清和我联系,我哪知道你就在芜湖看病呢?"

"你哟,在部队那么吃苦卖命,硬是把身体搞垮了。"许道清惋惜地说。

"哎,你现在在哪里呀? 做什么工作?"王能珍问陶传文。

"他呀,现在不得了了,是芜湖市三建公司的党委副书记,大领导

111

啦!"许道清抢过话说。

"什么领导不领导的,都是为人民服务。"陶传文说道,"真的要感谢能珍兄弟,当时在部队是他叮嘱我要积极上进,并介绍我入党的。是能珍兄弟让我有了信仰,就凭这一点我才有机会的。"

王能珍听了陶传文的这一席话,心里特别温暖,感觉病一下子又好转许多。

几天后,王能珍正式出院。一到家,他就满怀兴奋地参加人代会。他的建议果然得到了大会的高度重视。

马上就能为乡亲们带来致富的机会,他心里比什么都甜。

11 寒水救女孩

纵身一跳的瞬间

是一份担当

奋不顾身的背后

将爱的光芒　播撒

胃部切除后,王能珍每天只能喝一些米汤之类的食物,需要精心调养。

他的身体消瘦得厉害,似乎一阵风都能将他刮走。

但这对王能珍来说倒算不上什么。最让他难以接受的是,医生要他两年内不得从事重体力劳动,家里重担全部落到妻子一人身上,他为此很愧疚。

这一天,他见水缸里没水了,于是就挑起两个桶出门了。妻子迎面见到,立即阻止了他:"你这样的身子,要好好歇着,外面北风刮得呼呼的，你别再搞出了事。"

"我已经歇了很长一段时间了，我半桶半桶地挑，没事的。家里的事不能老让你一个人做，我心不安。"王能珍说。

"你必须听医生的，等哪天你养好了，我让你干个够!"妻子语气坚定，接过扁担挑着两个水桶一晃一晃地出去了。

望着妻子的背影，王能珍心里空空的。

一会儿，妻子挑着满满两桶水回来，看着她咬牙吃力的样子，他全身不自在，感觉自己亏欠她太多。

"你现在的任务其实也不轻，在家里把孩子们给我看好。"付德芳看出他的心思，便宽慰他。

就在这时，两个孩子一蹦一跳地从外面进来了。看到两个可爱的孩子，王能珍心里总是很不安，他们渐渐长大，都要上学了，可家里因自己看病欠了一屁股债，现在自己刚 30 出头，正是顶天立地干事的时候，却不能干活，这将会使家庭负担越来越重。

"教孩子们识字吧!"妻子说道。

"过来，我教你们!"王能珍笑了，拿出党章，教两个孩子认上面的字。

当天下午，妻子到田里去了，王能珍带着两个孩子到外面玩。

北风小了些，几个老人在屋角晒着太阳，拉着家常。

当他们走出村头的时候，一个孩子迎面跑来大声喊叫:"快救命啊，姐姐掉水里去了! 快救命啊，姐姐掉水里去了!"

能珍赶紧过去问孩子:"谁掉水里了?"

"我姐姐。"小男孩一边哭一边说。

"快跟我说掉哪里了!"王能珍焦急地问。

"就在前面，挑水的地方。"

王能珍二话没说,丢下两个孩子冲了过去。

来到河边,他向水面看了看,却没看到什么人,只看到两只水桶飘在水面上。再仔细一看,终于看到远远的地方有头发飘在水面上。

当时正是冬天,天气相当寒冷。王能珍顾不得一切,快速脱去棉袄,纵身跳入水中。

刺骨的寒冷瞬间刺进了他的心里,阵阵作痛,他突然感觉自己的身体确实不如以前了,身体似乎抵不过这样的寒水。

他咬紧牙关,竭尽全力地游到女孩身边,一把抓住她,用力托起,向岸边拖过来。

因为寒水的突然浸泡,他的手痉挛起来,划不动水。就在这时,王能珍慢慢沉了下去,手上的女孩也从他的手上漂移开来,向下沉。

岸边的小男孩见两人都沉了下去,更是哭得号叫起来,眼泪满天飞。

村里过来一个老人。他看到不远处有一只小船,便想把船划过来,但又没划船的东西,急得不知如何是好,站在岸上直叫唤。

就在王能珍沉下去几秒钟后,他又使劲冒出头来,摇了摇脸上的水。随后,女孩也跟着被他拉出了水面,一点一点地向岸边移动。

这时岸边又来了几个人,终于将他们拖上了岸。然而令人遗憾的是,女孩被救上岸后,已没有什么反应了。

"赶……赶快给她……把肚里的水挤出来。"有气无力的王能珍一边打冷战一边还想着救女孩。

听到喊声,有人上去给女孩挤肚子里的水。挤了几下,发现感觉不到呼吸了,便停了下来。

浑身发抖的王能珍一看情势不妙,用冻得发哑的声音喊道:"赶紧送医院。"可是没人行动。王能珍仔细一看,原来这几个人除了三豹,其余都不认识,是外村的。

王能珍急了，自己实在冻得受不了，浑身直打摆子，牙齿咯咯作响。

"三豹，你快到村里到她家里叫人来。"王能珍从女孩的身边站起身来，急切地说道。抬起头来一看，三豹和几个人已经离开了。

人命关天，时间就是生命。因为这里离村子还有一大段路，他等不得村里来人了，也顾不得自己发抖的身体，背起女孩拼命地朝大路跑去。

来往的车没有停下的。王能珍生怕车跑了，他跑到马路中间去拦一辆三轮车。

"麻烦了麻烦了，送我到一下乡医院。"

"你眼睛瞎了呀，我不是朝那个方向的。"

"我知道，我知道，这人要急救，求求你做个好事吧。"

"你家的孩子关我什么事呀，我也赶急呀！"

"你这个混蛋，老子叫你送一下，你不送你别想过。"王能珍突然暴躁起来。

"哟嗬，你真是不讲理呀！"车主气得一下跳下车，一把把王能珍朝路边猛地一推，"你找死呀！"

王能珍抓住车主死死不放："求求你吧，这不是我家的孩子，她刚刚掉到水里去了，我救了上来，就要死了，人命关天！"

车主一听到这话，心里一怔，掉转车头将他俩送到了医院。

王能珍到了医院后有气无力，脸色青白。好在医院的副院长认识他，迅速帮忙救治女孩。

然而，到了医院女孩也没有被抢救过来……

女孩名叫桃花，刚刚16岁，是村民徐金水的女儿。她当时正从塘里挑水，一不小心掉水里去了。

王能珍躺在病床上，泪水滚滚落下，喃喃说道："桃花是个好孩子，我迟到了一步啊！"

12　教育子女成长

我的梦　在继续

我的信念　在传承

因为救人受了风寒，王能珍的身体一直不大好。

付德芳要他静心调养，带好孩子。

曾经豪情满天，如今身体不争气，王能珍也很无奈，没事的时候就读读报，学习党章。

时间飞逝。女儿王志萍、儿子王成元陆续上学了。

王能珍对一双儿女的教育非常严格，他注重通过生活中的点点滴滴培养他们的思想和道德。村子里，看到老年人走路困难，他便叫孩子们上前帮一把。虽然家里条件不好，但过年的时候，孩子们到亲戚家拜年，他告诉孩子们坚决不能要人家包的压岁钱。孩子们常常对他有意见，付德芳也和他抬杠。他总是告诉他们，钱是好东西，但要靠自己去挣，轻易要人家的东西，会让孩子从小养成不好的习惯。

"压岁钱，就是一个礼节啊！"付德芳说道。

"虽然是礼节，但不要让孩子们有不劳而获的思想，再说，不是所有礼节都是科学的啊！"王能珍说，"本是象征性的压岁钱，现在越来越注重数量了，这不该提倡。"王能珍耐心地说。

"我们家孩子不要亲戚的，亲戚孩子来我们家难道不给？"付德芳反问。

"礼节上的还是要给，但我们不要鼓励咱家孩子要。"

"那不是吃亏？"

"如果孩子们没有培养出来那才叫吃了亏。"王能珍说道。

为了从小培养孩子的勤劳意识,他常常让他们做些家务事。这一天,猪没吃的了,他便叫女儿志萍到田间割些猪菜。女儿出去后,他看起了乡里发来的党章学习材料。

这时,儿子跑回来了,告诉他姐姐和人家吵起来了。王能珍正要出去看看怎么回事,女儿哭着回来了。原来在割猪草时,她和另一个女孩子争起来,那孩子说那块地是她先占的,不允许别人去割。王志萍想,那块地又不是你家的,凭什么不让我割?于是两人便争得拉扯起来。那孩子个子高,王志萍争不过,脸还被人家划破了。

王能珍听女儿说完情况后,发了火:"一点猪菜算什么?人家不让割你就让着人家,猪草到处都是,偏要和她争什么呢?"

王志萍觉得明明对方没理,父亲却骂自己,更加委屈,哭得更凶,并据理力争偏要去割。王能珍见女儿小小年纪这么倔,便折了根树条要打她。

王志萍在田间跑,一不小心栽到水氹里去了。王能珍立即把她拉了起来。

王志萍全身透湿,觉得自己犯了大错误,吓得不敢哭。王能珍十分心疼地将她抱回了家。

春寒料峭的日子里,王志萍本来就有些咳嗽,没想到掉进水里后,到了晚上就发起了高烧。

王能珍一见女儿生病,赶紧从床上爬起来要带她上医院。付德芳一把将女儿拉过来,背着就往医院跑。

"看你这个身体,你怎么能带她去呢?"付德芳说。

"那么长的山路,你能背得动吗?"王能珍说。

说着,他一个飞步背着女儿就走。王志萍趴在父亲瘦弱的背上,感受到了暖暖的温度。去医院要走不少的山路,王能珍一手打着手电筒,快速地小跑着。

夜路难走,在一颠一簸中,王志萍的手碰到了父亲的额头,感觉到的是满头冷汗。她说:"爸爸,你也生病了,你背不动了吧?"王能珍侧了一下头,对她笑笑说:"不会的,爸爸的病早就好了。"

为了让她忘掉病痛,王能珍一边背着她快速走,一边还强笑着给她讲故事,讲他在部队如何刻苦学习,如何和战士们一起生活;讲他如何通过努力,最后在部队里炮打得最好,讲他们如何勤俭节约。

终于到了医院。医生给她看病的同时,发现王能珍也不对劲,便对他说:"看你的脸色是不是也病了? 赶紧也检查一下吧。"

"我没事,就是一路上跑,累了。"王能珍说道。

回到家里,王能珍倒在床上几天都没起来。他舍不得在自己身上花一分钱。

这一天,他看到儿子将饭往地上撒,便严厉地责骂,并给儿子讲了一个故事。

他说:"从前啊,有一个人,也像你们这么大,没有粮食吃了,就到一个地主家去借。地主先给他蚕豆吃,然后在那里静静地看着,心里已有打算:如果他把蚕豆连壳吃了,就借给他;如果他把壳剥了吃,就跟他说'你走吧,我不能借米给你'。"

刚被责骂的王成元看了看父亲的脸色,问:"为什么吃了蚕豆壳就借呢?"

王能珍说:"蚕豆壳不好吃,但那时粮食紧张,一般人吃蚕豆时是舍不得剥去壳的,这个地主的意思是只借给爱惜粮食的人。你想想,地主家那么富裕都知道节约,难道我们还不应该节约吗?"

"爸爸,我知道自己错了,以后再也不撒饭了。"儿子不好意思地说。

为了培养孩子们吃苦耐劳的意识，王能珍常带着两个孩子到田里干活，还让他们放羊、养猪。

有一天，家里没柴草了，他吩咐 7 岁的儿子到山上去打柴。付德芳听到后，斥责他说："你这人怎么这么不心疼孩子？他才几岁呀，你就叫他到山上干这样的事？要是在山上摔了哪里怎么得了？"

王能珍拉着脸说："你呀，怕什么？我像他们这么大的时候不也不分白天黑夜地放牛、打柴？"

说话的时候，来了一个要饭的，付德芳叫儿子去抓一把米。王成元便去抓了一把米给了要饭的。看着儿子的小手只抓那么一点米，王能珍便叫儿子拿个碗来，用碗舀了一碗米给要饭的。

要饭的高兴地走了。王能珍对儿子说："人家既然来要饭了，肯定很困难，你怎么能那样呢？你要知道天就要黑了，人家一个要饭的不知道什么时候才能回得了家，多可怜呀！假若是爸爸老远的出去要饭，遇到一个小孩抓给我这么几颗米，你会怎么想呢？我们来到这个世上，自己再困难也要善待他人！"

王成元看到父亲一脸的严肃，一句话也不敢说。

"来来来，我给你讲一个故事。"听说又要讲故事，王成元把姐姐也叫来了，认真地听了起来。

王能珍说："一天，在一条街上，有一位双腿全无的残疾人坐在四轮滑板上，靠双手滑行乞讨。有一些好心人给他一些零钱。当残疾人滑到一男一女脚下时，这两个人板起了脸，不但不给，还趁残疾人不备，用力一脚将滑板踢了出去。滑板撞在花坛上，残疾人摔倒在地，半天才爬起来，无奈地看着那一男一女，眼里含着泪。这一男一女 30 多岁，颈上戴着金项链，一看就是有钱人。不久，在街口发生了一起交通事故，原因是一对男女违反交通规则，被撞倒在地上爬不起来。这时，一个坐在四轮滑板上的残疾人滑了过来,请求路人救助,二人随即才被送往医院。"

"你们猜,这两个人是谁?"王能珍问。

"我猜一定是那有钱的一男一女。"王志萍说。

"是的。"王能珍说,"人之初,性本善。爱心都是在平常小事和举手投足之间,不要刻意去记住别人的不足,危难之时给他人关爱和温暖,这是一种品德。"

给孩子们讲完故事的时候,一个邻居来了,告诉他们说东头村一个叫张爱萍的小姑娘胳膊刚刚跌断了。

邻居继续说:"爱萍才 15 岁,没有爸爸妈妈,是个孤儿,跌倒了躺在家里都没人给她看医生,真是可怜呀!"

听到这个情况,王能珍马上就说:"这个孩子我知道,还挺有礼貌的,每次遇到我都叫我叔叔。"

"没爸没妈的孩子可怜啊!"邻居又重复了一句,"腿跌断了不送到大医院都治不好。"

听到这个消息,王能珍的心一下子揪了起来,什么也没说就跑到了爱萍家里。小姑娘躺在一张破床上,疼得哇哇直哭,只有对门的一个老太太在安慰着她。

"市三院我有熟人,我来送她去吧。"王能珍对老太太说。

"她没娘没老子的,哪有钱去那样的医院呀? 这孩子哟,苦命啊!"老太太说着流下了眼泪。

"大妈,钱的事我来想办法吧。"王能珍承诺着。

"哎哟,小五子啊,你真是好人啊!"老太太连声说着。

王能珍赶紧跑回家来取钱。

"像你这样,就算是沈万三的家底也会被掏空的。今天救这个,明天管那个,你又不是村长、书记,你自己有病都舍不得花钱去看,管人家干什么呢?"妻子忍不住责怪他。

"人家有难,我们应该扶人一把,再说我刚才还给孩子们说了要做有爱心的人,不能遇到事我就躲,不然怎么能教育好孩子呢?"王能珍把妻子拉到一边说。

"你管,你管吧,反正你想干的好事我也拦不住。"妻子边说还边从箱子里拿了些钱放在桌上,说,"去吧,去吧。"

"妈,你不是不想让爸去吗,怎么又把钱给他了呢?"王志萍不解地问。

"你爸一辈子就这样,不给他他晚上都睡不着觉。"付德芳叹口气,"我也不是没有同情心,但咱家家底薄啊,哪禁得起你爸这样?"

"我爸是热心的菩萨。"王志萍说道。

小姑娘被送到了医院,治好了腿。她对王能珍所在的村子有了感情,长大后,就嫁到这个村里来了。

正是这些言传身教,让王能珍的两个孩子都非常懂事,非常理解、体贴别人,成为村子里孩子们的榜样。

13　为了侄子重操井业

站　成一种榜样

坐　成一种楷模

拼轨迹　路在前方

天天和孩子们在一起讲讲故事,让孩子们的心智得到了启迪,王能珍的身体也在欢声笑语中逐渐康复。

徐金水为失去女儿一直闷闷不乐,王能珍跑去劝慰他。从徐家回来

121

的路上,经过一个屋子,里面挤满了人。他知道这里是打牌、打麻将的地方,不经意地张望了一下,没想到发现了一个熟悉的背影。

"哟,王老五,你也想搞两把?"三豹子故作调侃地说。

王能珍径直朝两个侄子小荣、小军走过去,敲了敲小荣的背:"你们在这里干什么呀?"

小荣、小军知道五叔最痛恨赌博,便随着王能珍走了出去。

"赌博这个东西你们可不要沾啊!"王能珍语重心长地说道。

"我们刚来的,只是看看。"

"看看都不行! 一个正经人不能泡在这里面,想想有哪个赌博发了财的? 只有妻离子散的!"

说完,三个人各自散了。

不一会儿,小荣又跑了回来,告诉王能珍一件事:"五叔,幸福村一个人过来说他们那里吃水困难,想打口井,听说你能打,想请你帮忙,问你干不干。"

王能珍一想,打井是超重体力活,自己现在这身子可能吃不消,便随口说了声:"以后再说吧。"

回家的路上,他心里不是滋味。小荣、小军两个孩子身强力壮的,一直在家无所事事,要是染上赌博就麻烦了。

回到家里,他对妻子说:"德芳啊,听说有打井的活,小荣、小军正好没事干,我想带他们一起去干,挣点钱,补贴家用。"

"什么,打井? 你这样的身体,别老在家里做这个梦那个梦的,好好歇歇养好身体才是最重要的。"付德芳一口否决。

王能珍猛拍了拍自己的胸部,说:"你看我现在这身体,壮实着呢! 在那么冰冷的水里泡那么长时间也只是发了一点小烧,全村哪个能这样? 我不是吹牛,我的身体底子就是厚。"

"你滚一边去,一个小担子都不能挑还打井,你别把身体搞垮了又来害我和孩子。"付德芳冷冷地说。

见妻子不同意,王能珍用讨好的语气说:"你看看,家里两个孩子都上学了,我心里真是着急得像猫抓一样。我一定要赶紧挣些钱,确保他们能好好上学。要不这样吧,先让我试试看,实在做不下来我就停下来。"

付德芳还是不同意,继续干着自己的活。王能珍没办法,便私下和两个侄子说好一起干。

这一天,小荣过来对王能珍说:"五叔,那个打井的活儿我们谈好了,我们什么时候走呀?"

"你五叔是做了大手术的人,才年把时间,身体还没恢复,哪能打得了井呢?"付德芳对侄子说。

王能珍见妻子老是不同意,虽然知道她是一片好心,但家里的境况已无法再听从她的意见了。他想,自己这个家庭因为自己变穷了,便对她说:"张海迪下半身残废成了作家,阿炳是个瞎子却拉得一手好二胡,爱迪生是个聋子也成了发明家。世上许多残疾人都成功了,何况我是个四肢健全的人,怎么能这样坐吃山空呢?打井也是为人家提供方便的好事呀。"

付德芳反对也没用,下午,他还是和两个侄子一起走了。

打井对王能珍来说是个熟练活。这个技术活他还是自学的。王能珍的父辈是江北人,几年前,他老家庐江的一帮人来到这里打井,住在他们村里。这些人打井缺人,他就成了替补,很快便掌握了打井的技术要领。

有一次,那帮人同时接了三个业务,无法兼顾,就叫他想办法完成一个。他就在村里找了两个人,很快把井打好了,而且打得很漂亮,让那些专业打井人刮目相看。打一口十五六米深的井三个人挣了三百多元,六

123

七天时间里平均一人挣了一百多元,王能珍很高兴,之后把打井当成了一个小副业,干着干着他还在技术上有了一些新的"发明"。

这次重操旧业,王能珍能带上两个侄子干,他心里也非常高兴,虽说打井不是什么好工作,但至少不会让他们走上邪路。

十多天下来,井打好了。为了鼓励两个侄子,在均分的基础上,他还特意掏出100元,奖励每人50元。

两个侄子跟着叔叔挣到了钱,心里特别高兴。接下来,他们又打了两三口井,王能珍虽然每次出的力最多,干的事最多,危险的、苦的差事也是自己扛,但挣的钱都是和两个侄子均分的。

两个侄子对五叔的为人更是敬重有加。

14 井口惊魂

死神在不远处

一再走进无畏

爱与关怀

为"长辈"完美注脚

随着农药、化肥的过多使用以及乡镇企业的发展,农村许多水源被污染,不能饮用。

小时候在外放牛,渴了找条水沟都能捧起水来喝,如今不行了,清澈的溪流变得浑浊。王能珍的内心很是担忧,他总是提倡使用农家肥和绿肥种庄稼。

然而,社会大环境不是他能左右的。

河流的水不能饮用,自家打井成了解决饮用水的办法。

因此,这一时期打井业务很繁忙,常常是正在打一口井,下一口井就在等着了。

叔侄三人在花桥乡九十殿村打井时,才打到两三米就出现了鹅卵石层,打起来非常吃力。

两个侄子想放弃,王能珍不同意:"我们接了这个任务就得干下去,人家还等着吃水呢。"

三人只能咬着牙硬着头皮干,一连几天才打到六七米深。

这天下午,小荣下井作业。个把小时后他向上面喊:"五叔,不知怎么回事,我的眼睛很胀。"

"哦,那是下面缺氧。"王能珍说着,指挥着小军,"快,快把鼓风机打开。"

鼓风机是他们打井时的必备工具,井下缺氧一般出现在夏天高温的时候,地面和井下温差大,井下四五米深时一般就开始缺氧,通常的办法就是通过鼓风机送氧。鼓风机对着井下吹,通过一根塑料管把氧气输送到井下。

小军立即放下塑料管,去开鼓风机,可是鼓风机没反应。

"又停电了,五叔。"小军十分焦急,大声地叫着。

"你快去把那边的两桶水提来,用瓢子向里面倒水。"王能珍吩咐着。

"这有什么用呀?"小军不解地问。

"你别多问了,水一泼下面就有氧。"王能珍说。

于是小军把水一瓢一瓢倒下去,过了一会儿,小荣果然感觉舒服多了。

这个泼水送氧的土办法还是王能珍发明的,有一次他也遇到这样的情况,便凭着自己的印象泼水,关键的时候能起作用。

125

担心小荣身体吃不消,王能珍把他替换了上来,一直打到天黑。

天突然下起了大雨,他们只得连夜搭起一个棚子。

因为胃做了切除手术,一餐只能吃得很少,加上大半夜的风吹雨淋,王能珍感到很疲惫。

王能珍想休息一天,让自己的疲惫消失。但是为了确保在规定的时间内交工,第二天一早,他们又开始干了。

小荣看五叔的状态不太好,便自己下了井。王能珍却大叫道:"小荣,你怎么下去了,快上来!"

"五叔,我干吧!"

"不行,不行,快上来!"王能珍命令着。

小荣只得爬了上来。

"告诉你们,以后凡是上午下井统统由我来,下午你们俩下去。"王能珍说着自己下去了。

打过的井,隔夜时间长,土质容易松化坍塌,因而上午下井的危险系数大,王能珍总是坚持上午由自己下井。

他在下面一镐一镐地打着,小荣、小军用自制的机械木轮一筐一筐地往上拉土。当拉到第五筐的时候,突然一个鹅卵石飞了下去。王能珍敏锐地把头一偏,头躲过去了,但石头却重重地砸在了他的左肩上。剧痛袭来,他本能地"哎哟"一声,一只手紧紧地扶着左肩,斜靠在井里边,一句话也说不出。

"五叔,五叔,你怎么样啊,怎么样啊?"小荣、小军急得在井口大叫。

他俩伸着头往下面看,清楚地看到五叔半倒在里面动弹不了。两人急得团团转,只能不停地喊。

王能珍抬头向上看,突然感觉像天塌下一般。由于小荣用脚踩了井口,井口开始坍塌,黑压压的泥土和乱石就像黑幕一样落下来。王能珍本能地朝井边凹处一靠,眼睛一闭,任凭天意了。

小荣、小军心想五叔要完了,号啕大哭起来。坍塌停止后,他俩爬到井口,只见泥灰弥漫,根本不见人影。

"五叔,五叔,你要是活着就哼一声呀,哼一声呀!"小军大声哭喊。

小荣想起什么似的,大叫道:"小军,我们快到村里叫人,快救人。"

两人飞似的跑到村里大叫起来。一会儿,许多人都跑过来,但没人知道怎么去救。

大家你一言我一语,却一筹莫展。这时只听到井下有个微弱的声音传来。小荣心中大喜,他手一挥,所有的人都不再说话,井口静得如黑夜中的荒野一般。

小荣、小军又趴在井口侧耳静听。

"我没死,没死……"井下传来蚊子般微弱的声音。

"水,水……"小荣领会了意思,用瓢子向下慢慢地浇水。

十多分钟后,井下的声音大了。小荣打开探照灯向下看,五叔正倒在坍塌下去的泥石上面。

半天,井下的王能珍缓缓地站了起来,小荣、小军立即放下吊环把王能珍往上拉,快到井口时,大家把他拉了上来。这时的王能珍,成了泥人。

小荣一把将脸色惨白的叔叔扶靠在自己的双膝上,说:"小军,快,给五叔弄些水来。"

小军掉头去找医生。王能珍睁开了眼睛,有气无力地说:"多大的事呀,不用,你五叔过一会儿就好了。"

过了一会儿,王能珍果然好了许多,自嘲地说:"哎哟,这是老天有眼啊,不然我就被埋进去了。"

"五叔就是命大,哈哈!"小军破涕为笑。

"你说得一点不错,你五叔命大,死过几次都死不掉,估计我怎么都死不掉了,所以危险的事你们不要做,我来。"王能珍显得有些得意。

"五叔,你是做过手术的人,要记着,不要危险总是自己冲。"两个侄子心疼地告诉他。

"不要紧的。我告诉你们,在部队,为什么大家看到困难、看到敌人的炮火都敢冲? 因为我们有个信念:生的伟大,死的光荣!"王能珍目光坚毅地说,"有了这个信念,你就不会怕困难与危险,而且能够战胜困难与危险。"

两个侄子点了点头。

15 三豹偷偷砸井

胸怀 有了博大

一切都会云开

太阳升起 光芒万丈

日子在风吹雨打中过去。

王能珍一边与妻子精心耕种着自己的几亩责任田,一面挤出时间带侄子们外出打井。

这一天,他们又接到荒山头村的一个活儿。叔侄三人来到实地一看,这是一个地势比较高的丘陵地带。

打了两个小时后,王能珍便感觉这个井没法打。

"这里地质比较复杂,不打 20 米是不会出水的。我打井打到今天,估计这个是最难打的,搞不好会半途而废。"他对两个侄子说。

"这样的话,我们就放弃这个活儿吧!"小荣说。

"不,既然干这一行,就不能怕,多花点力气吧,力气这东西吃点饭就又来了!"王能珍坚定地说。

果然不出所料,此地为多层地质,一开始是黄土,打到三四米深的时候是白黏土,到了五六米深的时候出现了铁沙土。铁沙土层打起来特别费力。好不容易打完了这一层,以为下面可能要好打些了,结果更让他们灰心,下一层是鹅卵石层。

两个侄子有些泄气。王能珍便给他们讲故事,讲道理:"在部队的时候,首长曾给我们讲了一个故事。说有个打井人虽然身强力壮,但干事没信心、没耐力,一连打了几口井都在快见井水的时候不干了,结果汗流了几大碗,一口井没打出来。"

"继续打,五叔,你说怎么干我们就怎么干!"两个侄子说道。

接下来是白泥浆土,艰难打完这一层,下面是鹅卵石和细沙混杂层。他们又费了九牛二虎之力将混杂层打完。这一层约有两米,打完后就开始见水了。

天黑下来了,王能珍准备收工。他脚踩两只吊环,手握粗绳缓缓地向上攀登。上面的滚轮搅架"嘎吱嘎吱"作响,王能珍拉着绳吃力地向上行进。就在他刚到井口时,离井口三四米处的土方突然哗啦一声巨响,坍塌了。

"幸运啊!迟几秒钟后果就不堪设想了。"王能珍倒吸了一口凉气,迅速出了井口,一屁股瘫倒在地上,嘴里默念了起来。

第二天,他们又振作精神继续干。他们首先把井口至井下几米处用砖圈起来,然后,王能珍又亲自下去将坍塌的泥石一筐一筐地运了上来。一直干到天黑拉了照明灯才干完。

第三天一早,他们来到工地时,却被眼前的情景惊呆了。只见井被砸得一片狼藉,井口的土也大半被推入井中,好不容易打出来的井几乎被废了。

"这是谁干的？我要把他打残了！"小荣气得大声叫嚷。

王能珍的脸色也是铁青，站在不知流了多少汗水才打了一半的井旁，一声不吭。

一个村民过来对他们说："昨天晚上来了两个人，趁着大家都睡了，一阵乱捣。"

"谁？你知道他是谁吗？"小荣问。

"我不认识，但听另一个人叫着什么三豹三豹的。"

一听说是三豹，小荣暴跳如雷："我猜就是他干的，这个无赖……走，找他去，我要打断他的腿！"

"你别瞎胡闹，我们查清情况后再说。"王能珍说。

但气头上的小荣根本不听王能珍的话，拉着小军头也不回地跑到村里，径直赶到聚赌的地方。

三豹果然在，嘴里叼着根烟，双腿一抖一抖地在打麻将。

气头上的小荣怒火中烧，冲上去一把将三豹的牌一撸，麻将散落了一地。

"你这个无赖，欺人太甚了，为什么把我的井推了？"小荣一把揪住了三豹的头发，把他从凳子上拖到地上。

三豹迅速爬起来，气得一跳多高，拦腰一把抱住小荣，两人拼命地扭打起来。

小军不善打架，只能在旁边站着。虽然想帮小荣，但始终插不上手。

两人从屋内打到了屋外。三豹突然一拳，打掉了小荣一颗牙，鲜血直流。

大家一起过来拉架，但怎么也拉不开。这时王能珍匆匆赶来，一把将小荣死死地抱住了，结果三豹对小荣一阵拳打脚踢，他还趁机对着王能珍的头狠狠打了一拳。

"五叔,这家伙打你了,我要打死他,打死他!"小荣气急败坏,失去了理智。

"小荣,你知不知道你在干什么呀? 你是在丢我们家的脸呀!"王能珍厉声地呵斥着小荣,同时和小军一起将他拖离现场,一面拖一面说,"你爷爷要是在世,会把你绑起来吊在树上打的,他老人家一辈子不允许我们王家人与人打架!"

三豹紧追不舍,嘴里还在叫骂。

小荣牙被打掉了,感到莫大的委屈,挣扎着,坚决要和三豹拼个你死我活。

"你这个孩子,我们是什么家庭? 是党员之家! 几十年来,我们王家从没和村里人打过架,你这样做是把我们家的名声一下给糟蹋了! 三豹是什么人,我们能和他一般见识吗?"

三豹那边也是一个劲地骂着:"王老五,你算什么狗东西,老子好不容易找个老婆,眼看都要成了,你硬是几句话给我把好事坏了,以后你的井,打一个我砸一个,不仅要砸井,哪天非要把你家的房子也烧了!"

"三豹,你怎么还是乱怀疑呢? 王老五根本就不是那样的人,你不要再污蔑人了。"徐金水实在看不下去了,对三豹说,"人家姑娘不愿意嫁你,你要找自己的原因啊。"

"不是他是谁呀,村里什么人到他家借米他都借,我去借他却不借。"

"这事能扯到一起吗? 他那也是救急不救懒啊!"

"哎,轮到你插什么嘴呀? 你这人真是老浑蛋。"三豹理亏,骂着徐金水。

"你敢骂我,龟孙子,你以为我会像王老五那样对你呀,再骂一句我打烂你的嘴!"徐金水撸了撸袖子。

"哟嗬,你敢打我。"三豹说完就冲上来要打徐金水。大家急忙上来拉住。

牙被打掉,还被五叔王能珍拦着不能还手,小荣怎么也难解心头之恨,等五叔回去后,他一气之下去派出所报了案。

民警来了,找到三豹,要对他肆意砸井的行为进行处罚。

三豹担心被处罚,胡搅蛮缠地编瞎话说王能珍怎么坏了他的婚姻,还说他们一家人三打一。

民警对三豹大喝一声:"满口胡言!你什么样的人,大家还不知道?我们都调查了,人家王能珍不借给你米是对的,是提醒你要好好干活,是为了你好,你还污蔑人家。村里的风气都被你搅坏了!打了人家的牙,你要给人家治好;推了人家的井,限你三天之内还原!"

王能珍得知后,跑到村头一把拦住民警,说:"算了吧,小荣的牙我带他去看医生;井的事,也算了。"

"不行!"小荣不解恨地说。

"不要再计较了!"王能珍一把将小荣拖到一边,对他说:"他也是可怜人,长辈都不在了,快三十岁的人,还光棍汉子一条。"

"他还污蔑你,说你坏了他的婚姻呀,必须要让他向你道歉。"小荣很气愤。

"他说什么是他的事,我确实没有坏他事就行了,村里谁的眼睛不是雪亮的?"王能珍说完,和民警打了个招呼,拖着小荣走了。

随后,王能珍又带着两个侄子,花了几天时间将推下的土一筐一筐地拉了上来,然后下桩、圈井,又干了十二天,一口二十三米深的井终于完工交付。

第一桶清澈的井水被提了上来,全身是泥的王能珍用瓢舀了一瓢,淡定地坐到一块石头上,满满地呷了一大口,深深地吸了一口气,沉默了几秒钟后,说:"甜!"

小军、小荣也喝起来,愉快地说道:"甜,真甜,这是最甜的一口井!"

16　热心帮助小家庭

物质贫困的现实世界

生活的悲歌

或许是一粒尘埃

愿我呼来　一缕幸福的光

辛辛苦苦打了一年的井,加上农田的丰收,这一年王能珍家经济比往年有了好转,年底还有了一些积蓄。

腊月二十八这一天,天阴阴的像是要下雪的样子,家家户户都在杀鸡宰羊,喜迎新年。

王能珍一家也忙着置办年货,孩子们这一年都备了新衣服,他很高兴,悄悄哼着曲子。

突然传来激烈的叫骂声。

"这马上就要过年了,哪家又在吵呀?"王能珍对付德芳说。

"听声音好像又是李妈家。"

"我去看看,过年了,有什么好吵的? 有事过完年再说啊!"王能珍放下手中的活儿就往外走。

李妈由于丈夫去世早,好不容易把大儿子拉扯成人,自己和小儿子庆龙住在两间破房里。小儿子在外面做点杂活,不会挣钱,早过了结婚的年龄,媳妇还是没一点着落。

终于有一天,一个亲戚在十几里外给庆龙介绍了一个对象,李妈喜出望外。可是,女方的母亲突然不同意这门亲事了,原因是嫌李家条件不好。

李妈哪舍得失去这个机会?想到王能珍在地方威信高,便请他出面说说话。

王能珍很热心地答应了,但女方提出了一个要求,男方要出八百元的养娘费,定亲时至少付一半,结婚前再付清。

这可难死了李妈,突然要加上这一笔钱,到哪里去弄啊?

该借的借了,该跑的路也跑了。实在没有办法,定亲的前一天晚上,李妈又来到王能珍家要借三百块钱。

付德芳听说李妈又来借钱,坚决不同意。他们开小店时,李妈赊账的钱还没还清,这次又借这么多,便把李妈打发走了。

面对妻子的不同意,王能珍也不好说什么。李妈只得离开,满是皱纹的眼角挂着心酸的泪水。

晚上,王能珍怎么也睡不着,心想李妈虽然借自己的钱多少年都没还清,但她一直努力在还,这样把她打发走了,弄不好一桩婚姻就黄了,自己良心上实在过不去。

村子里静悄悄的,王能珍悄悄地披上衣服,轻轻地拉开门出去了。

冷月孤悬。王能珍径直来到小舅子家门前,人家已经睡了。

他咚咚咚地敲他家的窗户。

"谁呀?这么晚了。"小舅子醒了,听到敲门声便问。

"我呀,你姐夫。"

门吱的一声开了。

"这深更半夜的,什么事呀?"

"没其他的事,借我三百块钱。"

"借钱?做什么事呀?"

　　王能珍把手一挡，嘴里一嘘，示意他小声点，别让人听见了。

　　"你先借给我吧，暂时不要对任何人说。"

　　出于对姐夫的信任，小舅子也不多问，悄悄拿了三百块钱给他。

　　王能珍拿了钱径直跑到李妈家，将钱送了去。

　　"你先用吧，暂时不要跟任何人说是我借的。"王能珍说完就走了，回到家里，终于能安然地入睡了。

　　有了这三百元，李妈家将亲事热热闹闹地定了。女方特别强调，剩余的钱结婚前一定要付清。

　　结婚的日子定在农历十一月初八，一晃时间就到了，李妈还是拿不出钱。

　　女方母亲不高兴了，不愿意嫁女。结婚前几天，两家又陷入僵局。

　　王能珍生怕好好的一个姻缘就这样说散就散。最后，他站了出来，说道："这样吧，你们要是信得过我，我保证他家过年前一定给到位。"

　　有了王能珍这句话，婚事办了。可马上过年了，钱还没有付清，女方来要钱了，庆龙和新娘子小凤也为此吵起来。吵着吵着，她收拾几件衣服就回娘家去了。

　　腊月二十八这天，家家户户都忙着过年。在众人的劝说下，小凤回来了。可是三两句话不合，小夫妻俩又吵了起来，越吵越凶。

　　小凤捡起衣服又要回娘家，庆龙追过来。追着，吵着，两人竟扭打了起来。

　　打得不可开交的时候，前来劝架的王能珍跑了过来。女方手中的棍子朝庆龙打去，正好打在王能珍的头上，被打的地方立马肿了起来。

　　见打错了人，小凤一阵害怕，终于歇手了。

　　"你们哟，小两口，怎么搞的，不好好过日子，马上就要过年了，有什么事情过了年再说不好吗？"王能珍摸着隐隐作痛的头埋怨道。

135

"还不是为了那几百块钱,答应年前给的,还没给。"小凤低声嘀咕。

"小凤啊,当时我出面给你们家作了承诺,可是他们家确实拿不出来,你现在也是这个家的一员了,换位思考思考,再跟你妈沟通一下,再给一点时间,开春后要是再给不了,我来想法子。"

日子过得很快,年过了,春天到了,草长莺飞,桃花盛开。李妈借遍村内村外也没借到钱。这一天,庆龙和小凤又吵了起来,小凤哭叫着回了娘家。

小凤母亲一看钱没给,还把女儿气哭了,立即火冒三丈。当天半夜,带着儿子来到李家,把窗户玻璃捣碎了。

邻居们都被惊醒了,跑过来劝架,但他们越闹越凶,小凤母亲说:"现在其他话不说了,离婚,只有离婚一条路。这样的家庭,小凤将来会一辈子没好日子过的。"

看到她执意要闹离婚,李妈扑通一声跪下来:"那些钱,我借高利贷也会尽快给的,求你不要再提离婚了。"

"不就几百块钱吗?我现在表态,三天之内保证给你。"赶过来的王能珍见此情景突然发话。

见王能珍说了这话,小凤的母亲带着儿子走了,因为她相信他。

第二天,王能珍把钱借给了李妈,并和她还有庆龙一道来到小凤的娘家。

"小凤妈,我们把钱带来了,你先收下吧。"李妈说着,把钱放在桌上。

"小凤妈,我也向你道个歉,我做过保证,但没按时把钱给上,还是希望你们能理解,更希望小凤和庆龙以后不要再吵了,好好过日子。"王能珍说道,"我是个党员,当过兵,今天再向你们交个底,庆龙我是看着长大的,人品不差,将来他们两个只要齐心协力,很快生活就会好起来的。有什么困难，我还会帮他们。"

王能珍的诚恳打动了小凤母亲，她说道："我们不是不近情理，只是担心女儿嫁过去吃苦，要有个保障。这四百元，我也不会要的，你们拿回去，放在小凤和庆龙那里吧。"

不久，庆龙和小凤生了个儿子，李妈高兴得整天合不拢嘴，逢人便夸王能珍。

17　不忘自己是老兵

似水流年　不忘我是老兵
军歌嘹亮　血液里歌唱
军魂闪耀　一如从前

艰辛的耕耘总是有硕果的。夏天，王能珍家的西瓜丰收，他和爱人装了一板车拉到集镇去卖。

夏日的一天，天气闷热。一路上，夫妻俩互相鼓励，相信西瓜一定能卖出好价钱。

中途的时候，天突然黑下来，随着一声闷雷，下起了大雨。夫妻俩赶紧披上雨衣，拉着板车找地方躲雨。然而，途中没有村子，夫妻俩只好在雨中缓缓行进。

淋了大雨的付德芳感到不舒服。王能珍对她说："你坐板车上，我来拉吧。"

付德芳坚决不同意，说："一车西瓜本来就很重，我再坐上面，你能拉得动吗？"

"你上去吧，不行再说。"

137

"不用,我能行。"

"你上来,你再不上来我就不拉了。"王能珍生起气来。

付德芳只得上了车。王能珍的劲似乎更大了,拉得很快。

就在他们往前走的时候,突然看到前面一个人滑倒在地上。王能珍本能地放下了板车,匆匆地跑过去,上前一扶,发现原来是三豹的二爷。

"你怎么啦? 怎么摔在这里?"王能珍将他扶起。

二爷已 70 多岁了,这一跤摔得不轻,眼睛闭着一时说不出话。

"我是老五,王老五,你说话呀,没摔着哪里吧?"

二爷缓过神来,说:"老……老五啊,幸……幸亏遇到了你呀,不然我这老骨头会死在这里的。"

"你这是要到哪里去呀?"付德芳也走过来,问道。

"三豹这个不中用的东西,听说在湾沚瞎混,他娘和老子死得早,没人管,我得去找他,出了事可对不起我去世的哥哥嫂嫂啊。"

"我正好要到湾沚卖瓜,你上我的车,一道过去吧。"

"不用,不用,我慢慢走。"老人说着想走,但却站不起来,一条腿摔伤了。

两人将老人扶上车,一道拉着朝县城湾沚走去。

到了县城以后,担心老人行走不便,王能珍告诉他:"你等我们把瓜卖完了,陪你一道去找。"

下雨天,瓜不好卖,一直到 12 点多才卖完。因为老人在,王能珍便邀请老人一起到馆子里下面吃。

走进一家餐馆,人不少。他们一人下了一碗挂面,还特意给老人点了几个包子。

旁边一桌有四个人在喝酒,满满一桌菜。听他们谈话,知道其中一人是干部,还有两位是退伍军人。

王能珍三人在等面条的时候，四人已吃好，丢下一大桌菜和半瓶酒就走。

堂堂的退伍军人怎么这样奢侈浪费？王能珍忍不住，便说道："你们就四个人，点这么多菜，又吃不完，这叫浪费啊！"

"你又多管闲事了，老毛病怎么不改呢？"付德芳牵牵他的衣角，赶紧劝阻。

四人停住了脚步，对王能珍看了看。其中一人不高兴地说："又不是吃你的，你这人真是多管闲事！"

"浪不浪费是我们的事，你这人吃不起还不许别人吃？真是笑话！"另一人挖苦地说。

"你是不是退伍军人？"王能珍问。

"是啊，退伍军人就不能进酒店吃饭？"

"既然当过兵，在部队里没有接受过艰苦朴素的教育？有你们这样浪费的吗？"王能珍觉得铺张浪费有失军人的颜面，一种军人的神圣使命感让他义正词严。

"你是什么人，有什么资格在这里教训人？"

"我也当过兵，领章、帽徽我都戴过，在部队里扛枪打炮也拿过奖，我深知要爱护军人形象，不能铺张浪费。"

"去你妈的！"一人怒火中烧，揪住王能珍的衣服领子一把将他往后一推，撞到了一个桌上，随后拉着其他人扬长而去。

付德芳一把扶住王能珍。他的腰给撞痛了，不停地揉着。

"你这人真是多嘴，你们到别处吃去吧，我们没面了。"餐馆老板娘下了逐客令。

就在他们走出门口的时候，几个人大摇大摆地正往餐馆里赶。王能珍一看，原来是三豹和几个看起来不三不四的人，其中还有一个打扮妖

139

艳的女人。

"三豹,你二爷正来找你呢!"王能珍喊了起来。

三豹侧眼看了看,果然二爷在,便不耐烦地对二爷说:"你这个老头子,你烦不烦,我这么大了要你管?你管得了吗?"说完,他们一蹿就进了餐馆。

老人要进去找他说话,王能珍、付德芳便扶着他进去。

"走走走,怎么又来了?你们这样还要不要我做生意了?"餐馆老板说完,两个个头不小的中年人一把挡住了他们。

老人气得直跺脚,只得离开。一路上不停地说:"这世风真是变了,变了……"

下午,他们到了家。两个孩子扑了过来,显得十分高兴。

"看你们嘴馋的样子,给你们带苹果了!"付德芳对孩子们说。

农村孩子很少能吃到苹果。志萍和成元高兴得跳起来,连声说:"苹果,太好了!"

志萍把袋子打开,挑了两个又大又圆的苹果。

"放下,那不能吃,不是给你们吃的。"王能珍说。

"那给谁吃的呀?"

"给你外婆吃的。"

志萍显得有些不高兴,噘着嘴放下挑选的苹果,只得重新拿小的。

"外婆是我们家年龄最大的,我们要孝敬老人,好苹果要先给她吃。"王能珍一边教育孩子一边将好苹果拿到手里,朝岳母家走去。

两家相隔只有几十米。王能珍敲了敲门,无人应答,于是他一边喊一边敲,始终没人应。

王能珍心里一惊,岳母的腰有问题,不会出什么意外吧?

说到这个丈母娘,王能珍真是对她倾注了太多感情,对她像亲妈一般。当年王能珍结婚后分家,由于自家房子破,六七年间大部分时间都住在丈母娘家里。丈母娘一点没嫌弃,对王能珍像亲儿子一样。对此,王能珍感恩戴德,对丈母娘更是尊重有加,每天去看望照顾丈母娘,有什么好吃的都要先给她送去。

老人家是个贤惠人,自己的亲生儿都不会轻易打搅,她不太到别人家去串门。王能珍想着想着,害怕极了,急忙跑到围墙边想翻过去。

围墙有些高,他跃了两次没跃上去,于是搬了一块石头垫在地上,站在石头上一跃上了墙头,由于太匆忙,一不小心横着摔到了围墙里边,痛得他"啊哟"一声,赶紧爬起来,一瘸一拐地冲进屋去。

到了屋里,他惊呆了,丈母娘果然出了事,倒在地上昏迷不醒。

王能珍急忙将她背起,送到了医院。输液后,丈母娘醒过来了。

累了一天的王能珍,白天淋了雨,被人推着撞了桌子,救丈母娘又摔伤了。到了晚上,他疲倦地躺在床上休息。

王志萍跑到房间里翻出一袋所剩不多的麦乳精。这是王能珍生病时人家送的,他舍不得喝留给两个孩子的。

热气腾腾的麦乳精端来了,王志萍甜甜地喊着父亲,请他喝。

王能珍心头一热。闻着那浓浓的香味,一天来遇到的所有不快全都消失了,所有的劳累也似乎无影无踪了。

18 濮阳圩的守护神

心中的笛音
悄然吟诵深沉的爱
唯一能报答的
是满腔的情浓烈如酒

1995 年的梅雨季节,阴雨连绵不断。

6 月底的一天夜里,大风来袭,紧接着暴雨如注。

桃园村当时叫陀公村,大多还是土瓦房。许多人家房上的瓦一片片被大风掀掉,飞到地上发出清脆的声响。

一棵棵大树被刮倒。

大风也折断了电线。断了电源,村子里一片黑暗,只有一道道闪电划破夜空,光亮从窗外闪过,让人感到莫名恐惧。

王能珍家的房子和大多数人家的房子一样,暴雨一下,到处渗漏,雨打在地面上,到处啪啪作响。

雨声吵得一家人无法入睡。王能珍点亮了煤油灯,微弱的灯火被四面缝隙里的来风吹得摆成了一百八十度。他们先用塑料纸将蚊帐的顶盖住,将滴落的水引到床外,同时把水桶、脸盆、澡盆甚至碗都用上了,接着地上的水,以免室内积水成灾。

忽然又一阵急风肆虐而来,只听得自家屋顶上的瓦片哗哗翻滚,一片片摔落发出碎裂声。倾盆大雨从屋顶哗哗漏下来,屋子里很快积水成"潭"。

后半夜,肆虐的风雨终于疲倦地歇息了。

第二天,拉开门,整个世界一片狼藉。

各家各户都在忙着抢修房屋。王能珍带着家人搬来梯子、凳子也开始抢修。当他正要爬上屋顶的时候,村里的五保户周明贵老人弓着腰、驼着背,慢慢地走了过来。

"老五呀,你家的房子也被掀啦?"周明贵说完,深深地叹了口气,可怜兮兮地又往回走。

王能珍一看老人的神色,便知道发生了什么,问道:"是不是你家的房子也被掀了?"

142

"是的,家里就像个水潭。"周明贵考虑到王能珍家的瓦也被掀,不好意思请他去修理。

王能珍立即明白了老人的心思,放下手上的活对妻子说道:"德芳呀,我去老周家一下。"

"家里急着搞,跑那里去干什么呀?"妻子不解地问。

"他一定是想找我帮忙,见我正在忙,不好意思开口。我是个党员,不能装佯呀!"

来到老人的家一看,四分之一的瓦都被掀掉了,侧墙也出现一个大裂缝。

王能珍二话不说就帮他抢修起来,还把自己家的旧瓦拿来盖到老人的房屋上,利用自己干过木工活的技术将裂缝进行了安全处理。一直忙到下午三四点钟,才将老人的房子修好。

就在王能珍爬上自家屋顶准备盖瓦时,村民组长突然叫了起来:"每家一人,立即上圩,抗洪抢险。"

原来昨夜的大雨席卷了整个皖南山区,傍晚时分,上游的洪峰来到下游,汪溪河水位抬高,危在旦夕。

险情就是命令。王能珍放下手中的瓦立即顺着梯子爬了下来,套上雨衣,扛了把锹,什么话都没说就上圩去了。

来到圩上不久,一个地方就出现险情了。

村里开来了8吨的船,运来了木桩、榔头,先在圩里面打了五根桩,又在外边插篓。此时水高浪急,十分凶险。要想处理好这个险情,首先要确定漏洞的准确位置。

埂面坍塌越来越大,没有一个人敢下去。谁都知道,弄不好会有生命危险。

"不得了,圩保不住了,保不住了。"有人焦急地说。

"赶紧回家,把贵重东西拿了,把人带离圩内。"有人急得差点哭了起来。

就在这时候,有人跳下去了,但没碰到水底就慌慌地上来了。

"这鬼地方,水太深了,见不到底,差点呛死我了。"

"我来吧。"王能珍脱掉衣服,推开旁边的人。

大家劝他说:"你水性虽然最好,可是动过大手术,怎么行呢?"

"没事的,大海里那么大的浪我都没问题,不会有事的。"

"你要身体正常我们也同意,但你一个动过大手术的人下去,出了事我们无法交代。"村书记严肃地说。

"没事的,我命大,死不了。就是死了,也是生的伟大,死的光荣!"王能珍显得很轻松,带着幽默的口吻说着,纵身跳下去了。

过了一会儿,他也慌慌地上来了,说:"水下太凉了,确实吃不消。"

"咕咕咕。"王能珍把口袋里准备好的散装酒拿出来喝了几口。

这是王能珍下水的经验,每每水下太凉时,他便喝几口酒,身子一暖,精气神就来了。

酒喝完后,他揉了揉刚才还冻得发胀的两只耳朵,又是纵身一跳下了水。几个换气后,他便摸到了漏洞。

"在这里,你们下桩!"王能珍露出水面说道。

"你真是濮阳圩的守护神啊!"大家纷纷赞叹,一个个跳下水了。

他们肩搭肩,搭成了一道人墙,与洪水搏斗。

洪水之中,濮阳圩上,打桩的打桩,下水的下水,上演着保卫家园的感人一幕,气壮山河。

几个小时后,管涌被控制,坍塌之险被成功解除。

就在这边胜利告捷的时候,对面的圩口也出现了重大险情。

大家都很疲惫,不想去帮忙,因为那边不是自己的责任区。

"我是个党员,这么重要的关头我不带头过去,谁过去?"看到对面的焦急和混乱,王能珍心想。

他大呼一声:"走,过去帮忙!"

准备走的人也回来了,一群人在王能珍的带领下,开着装材料的船迅速跑到了对岸。

黑夜的灯火之中,大家进入了另一个战斗。

对面正苦于没有有经验的人下水。大家都知道王能珍有经验,是堵管涌的老手。王能珍的到来,让他们信心大增。

虽然暴雨不休,但在王能珍的指导下,大家干劲冲天,险情也成功解除。

半夜,疲倦的王能珍回到家里,因为屋顶没有修好,老婆孩子们都蜷缩在屋子的角落,满地积水,几乎与室外没有什么两样。

19　浓浓父爱

您　是我温馨的避风港
您　是我梦想的放飞塔
碧草连天的旷野
思念像春草　葱茏　蓬勃

时间如流水,一晃儿女们都长大了。

王能珍的内心,希望儿女们好好读书上大学。他不奢求子女将来能发多大财、挣多少钱,但他希望儿女将来一定要成为有信仰、对国家有贡献的人。

八个兄弟姐妹中,唯独自己没进过校门,因此王能珍把读书看得很神圣。他的内心也对子女以后的路做过设想,希望儿子能走进军营。他对军营有着特殊的感情,认为那里是最锻炼人的地方。对于女儿,他希望她考取高中然后上大学,今后当一名教师。他认为教师是天底下最好的职业,既能让自己活到老学到老,又能教书育人,把一个没文化的人变成一个有知识、有能力的人。

女儿王志萍在父亲的教育下认真学习,考取了高中。

王能珍很高兴。可是,令他没想到的是,女儿提出了不想上学的想法。

因为她看到家中的困境,看到父母的辛苦,特别是父亲动了那么大的手术,还拖着羸弱的身体到外面没日没夜地打井来补贴家用,王志萍心里暗暗流泪,她下定决心把钱省下来让弟弟读书。

王能珍对女儿一向什么都能忍,但对她放弃上高中无法忍受,报名的最后一天,他十分恼怒地说:"上得起上不起是我们的事,上不上学是你的事,你的任务就是好好读书!"

在别的事上王志萍都听父亲的,但在这件事上,她的态度十分坚定:"你都累成这个样子了,我哪忍心?即使考上了大学,如果您倒下去了,我的人生还有什么意义?我初中毕业了,高中可以自学,不进校门不等于不读书啊!"她说完就跑开了,不想和父亲争论这个事。

王能珍找到女儿:"你再不去上学,你就不是我的女儿!"

王志萍哭了:"我宁愿您不认我这个女儿,也不愿您过于劳累,我宁愿不成才,也不愿没有父亲。我是一个女孩,在村子里已经算是读书最多的了,我很满足,也很感谢这个家!"

王志萍心里清楚,就是将来考上了大学,自己的家庭也承担不起费用。她不想父母特别是父亲的压力过大。弟弟成绩很不错,自己早点出来,就有机会让他将来上个好大学。

面对女儿的倔强,王能珍十分无奈。她的成绩非常好,学校老师都认为她潜力大,为她辍学感到惋惜。

1995 年的春天刚过,为了给家里挣点钱,给弟弟凑新学期的学费,懂事的王志萍要和同村的姐妹田梅到宁国的大山里去采茶。

虽然父亲极力反对,但想到一个月能挣到一笔不菲的工钱,王志萍还是坐上三轮车出发了。

初夏的大山里,漫山遍野的绿色让人心旷神怡。王志萍和田梅到了一户茶农家,吃住都在山里。

山很高,清晨抬头一看,山头云雾缭绕。为了多采一些,她们每天一大早就要上山,许多人都叫累。但每天都沐浴在青涩的茶香中,又想到能挣到一笔收入,王志萍就不觉得累了。

一晃十天过去了,王志萍始终没有回家。就在这时候,村里缺小学老师,所以要招民办教师。

听到这个消息后,王能珍高兴极了。他觉得教书育人和当兵一样无上光荣。他认为女儿学习成绩好,最适合这个工作,也一定能考上,希望她能学以致用。

当时没有手机和电话,王能珍也不知道女儿具体在宁国的什么位置,在哪个大山里。为了把握住这个难得的机会,他决定亲自去找。

来到宁国,他傻眼了。这里山山相连,到哪儿去找呢?翻山越岭,终于在一个山头找到了一户人家,家里只有一个老人在。

"请问您知不知道有一些外乡人到这边来采茶叶的?"

"采茶呀,外乡来这里的人经常有,不知道你说的是哪个呢?你到那个山头问问吧,那边有采茶的。"老人向另一个山头指了指。

从一个山头翻到另一个山头,又走了几千米。一路过去,王能珍十分饥饿。走了一段路后,前面突然没有路了,他只得在荆棘丛生的山林里穿行。突然,丛林里一个黑影迎面冲来,他不由得惊叫一声闪到一边,原来是一头野猪。人怕野猪,野猪似乎也怕人,它见到王能珍立刻掉头,惊慌失措地跑了。

野猪过去后,他定了定神继续向前赶路。刚刚迈了几步,只听林间倏地一下,又是一只野猴蹿来。

太阳就要落山了,他终于来到一个大茶园。采茶人所剩无几了。他赶紧上前询问,可是得到的答案都让他失望。

天快黑了,上不着天,下不着地,相伴的只有宁静的片片茶园和一座座不曾相识的青山高坡。他嘴里默默地念叨了起来:"女儿啊,你在哪里呀?"

天说黑就黑了,一点不讲情面。一户人家都找不到,无奈之下,他只得找了个自感安全的避风山地,用干树叶当被子,靠在一个山坳子里过夜。

夜晚的山间格外地冷,胸前的干树叶怎么也挡不住寒气。睡得迷迷糊糊中,他除了梦见女儿之外,隐约听到的就是野猪的吼叫声,似乎还夹杂着狼的嗥叫。

他一个村庄一个村庄地打听,一个山头一个山头地寻找,并且扯开嗓子大声呼唤:"王志萍——王志萍——"

一声声呼喊在山岭之间回旋,大山却一直没有传来女儿的回音,他的嗓子已喊得嘶哑了。

"老人家,你这样喊是不行的,这样大的山林怎么可能听到?"一个路人见王能珍面容憔悴,便善意地对他说,"你到附近的村部叫他们用喇叭给你喊喊吧!"

他找啊找啊,终于找到了一个村委会,出示了自己无论到哪里都带在身上的军人证。村委会的人听说他这么辛苦地找女儿,又看了他的退伍军人证,都积极地热心帮助,立即到广播室用喇叭连续呼喊。

一声声高音喇叭的高远呼唤,依然没有得到女儿的回应。

他仍不死心,女儿当老师的美好愿望给了他无限力量。他又上山去寻找,累了就到村民家讨口水喝,饿了就问人家要口饭吃,不知跑了多少山头,不知喝了多少溪水。一连几天都不停歇,他几乎找遍了几十平方千米的山林,但还没有找到女儿。

"茶园几乎找遍了,我担心你的女儿是不是被人贩子拐骗了?"一个村委会的人对他说。

"是的,前段时间就听说有大姑娘被人贩子以这样的方式卖到外地去了。"一个村民接过话茬儿说。

一听到这话,憔悴不堪、精疲力竭的王能珍更加担心女儿了,大哭起来:"女儿啊,你真的被拐骗了呀,我叫你不要来你怎么偏偏不听话呢?"

一旁的村民也跟着流下了眼泪。有人把他接到自己家里,给他吃喝,叫他继续找,并想办法安慰他。

"芜湖县桃园村的王志萍,你的父亲正在找你,听到后请和村委会联系。"一连两天,大山里的喇叭都这样呼喊着。

功夫不负有心人,就在寻找的第七天,王能珍终于打听到了女儿的消息,喜讯传来,他一下子振奋起来。

王能珍振作精神,在茶农的带领下出发了。高高的山上竹木茂密,只有一条由茶农走出来的狭窄的鹅卵石路。这样的路上经常有野猪、野猴之类的动物出没,出行时一般都是几个人一道,并且手里还要带根棍子之类的东西,既是手杖,又可防身。

攀上最后一个坡头,向前一看,眼前是满目翠绿的茶园,满是采茶女。王能珍揉了揉疲惫不堪的眼睛,一边走一边仔细搜索,当他看到正勾着身子采茶的女儿时,笑了,突然大叫起来:"萍萍,我是老爸,萍萍——"

这一声呼喊仿佛用尽了他所有的力气。王志萍猛地抬起头,朝声音的方向望去,只见十几米之外的一个"老人"正向自己小跑着过来。

走近一看,原来是自己的父亲!

"爸,您怎么到这里来了? 怎么这个样子?"眼前的父亲胡子又长又凌乱,面容十分苍老憔悴,眼皮浮肿,眼睛里布满根根血丝,脚下一双解放鞋破破烂烂的。

王能珍的眼泪打着转,他上前一把抱住女儿,老泪纵横地说:"萍萍,终于找到你了!"

王志萍按时参加考试,果然考上了。从此,她开始了教书育人的职业生涯。

在王志萍当老师的第一天,王能珍郑重地对她说:"教书一定要踏实勤奋,对待任何一个孩子都要像对待自己的亲人一样,千万不能误人子弟。"

在父亲的鞭策下,王志萍工作十分卖力,所带的班级第一年期末考试就在学校名列前茅,并获得了奖金和奖状。

拿到女儿的第一张奖状,王能珍激动得不能自已:"你能获得这样的荣誉,爸爸真是太高兴了!"

看到父亲高兴,王志萍心里也甜甜的。

"萍萍啊,你这个奖状我来给你保管,和我的奖状、党章等放在一起,只要我不死就不会丢的。"王能珍又对女儿说。

王志萍年年获得各种教学奖状。乡亲们都说,王能珍养了一对好儿女! 王能珍的内心喜滋滋的,非常开心!

"爸,再告诉你一个特大好消息。"这一天,王志萍对父亲说。

"什么好消息？又得奖状了？"王能珍问道。

"不是。你猜？"

"我实在猜不到。"王能珍想了半天也猜不出来。

"我入党了！"

"什么，入党？"王能珍激动得一蹦三尺高，手里抓的东西都丢掉了，"我前两天还做过一个梦，梦见女儿入党了，没承想变成真的啦！"

这时付德芳过来了，王能珍一把抓住了她，兴奋地说："你的好女儿入党了，这真是天大的喜事。"

"看你高兴得，你们王家本就是党员之家啊。"付德芳不慌不忙地说。

王能珍听说"党员之家"四个字，不禁掰起了指头，说："大哥是党员，二哥是党员，我王能珍也是党员，老六是党员，老七是党员，萍萍又是党员了，已经六个党员了，值得骄傲！"

20　我们是党员之家

铿锵的足音在心头
坚定的信仰
传承为一种方向

2005年3月的一天，王能珍正在家里看《新闻联播》，突然接到远在宁波的儿子王成元来的电话，告诉他自己也入党了。

听到这个消息，王能珍又是一蹦多高，无比兴奋地跑到厨房告诉妻子："我们家又来了一个特大喜讯，成元在部队入党了！"

他又扳起手指头算起来："大哥是党员，二哥是党员，我老五王能珍也是党员,老六是党员,老七是党员,萍萍是党员,现在成元又是党员,我们王家总共七个党员了,真是党员之家呀!"

"看你高兴得,都是你培养的,没人抢你功劳!"付德芳风趣地说。

"未来,外孙女王丝悦、孙儿王近宇也要培养成党员。德芳呀,今天晚上多烧两个菜,把儿子带来的那瓶酒拿出来,庆祝一下。"

两杯酒下去,他和付德芳回忆起了对儿子培养的过程。幸福化作暖流,在心间流淌。

王成元上初中时,家里条件差,连一张像样的桌凳都没有,王成元常常跟父母提出想要一张书桌。

桌凳本是学习的必需品,但王能珍并没有立即满足孩子的要求,而是对他说:"我们家里就是这个情况,没有条件,你自己要创造条件来学习。我当年20岁了一个字不识,到了部队不也学了不少字?读书不在于要有多好的环境,毛主席在哪里都能读书。"

有一次,王成元要考试了。王能珍吩咐他去放羊。付德芳告诉他儿子马上要考试得看书,他却说:"读书贵在平时,毛主席战斗的路上都能读书,不能让孩子养成临时抱佛脚的习惯。"

在父亲的教导下,王成元学习习惯很好,成绩一直十分优秀。刚上高中的时候,王能珍告诫他说:"成元啊,我现在要跟你说说,你一定要好好学习,将来考取大学。同时我也特别希望你将来也能像你姐姐一样,积极向党组织靠拢,积极向上,做一个有价值的人。"

这一天,王能珍到县城赶集,事情办完后,悄悄地来到了儿子的学校,想亲眼看看儿子的学习状态。

他悄悄地来到教室的窗户边,正好看到儿子在课堂上打瞌睡,于是他默默等待儿子下课。

"你上课怎么打瞌睡?"王能珍很不高兴地问。

"哦,那是历史课。"

"历史课怎么就能打瞌睡呢?"

"爸,我学的是理科,理科是不考历史的。"

"为什么要开这个课?肯定有道理啊,历史虽然不占分,可那也是知识啊。"

"不占分数学了不是耽误精力吗?"王成元据理力争。

"不应该为了考试而学习呀!人要全面发展,知识越多越好,不能成为一个知识面狭窄的人!"

一句话说得王成元无言以对。他心里觉得父亲的话是对的,从此什么学科都努力去学。

2000年的夏天,王成元高考结束后,王能珍去接他。教学楼上,学生们为发泄自己读书苦的怨愤,纷纷将几年来所读过的书撕成碎片从楼上撒下来,满天的纸片就像雪花一样飞舞。

"这撕的是什么?"王能珍问。

"自己的书,课本。"

"啊,这书怎么能撕掉呢?"王能珍觉得很惊奇。

王成元虽然没有撕书,但考虑到书的沉重,想扔掉一些。

"这些都是文化知识,不能扔也不能卖!"王能珍一把将他拉住。

他找了根棍子,将几十斤重的书往家挑。一路上教育着儿子:"这挑的是书,书就是知识,知识就是力量。我当年在部队所看的书、所记的笔记都保存在家里,党章六七本,虽然内容都是一样的,但一本也舍不得丢。"

正是在王能珍的朴素教育下,王成元在芜湖县二中以全校理科第二名的成绩被安徽大学物理系录取,成为全村第一个大学生。

由于从小受到父亲的影响,王成元对部队十分向往。他本就想报军校,然而由于近视,无法实现自己的愿望。毕业后,王成元本已有了满意的工作,却意外得到一个消息:部队特招大学生。

王能珍做梦也没想到有这样的好事,他坚定地对王成元说:"如果能去部队,你一定要参军入伍,报效祖国。"

或许就是一种缘分吧,王能珍当年在东海舰队,没想到儿子这次特招也去了东海舰队。

东海舰队,我自豪的东海舰队!王能珍高兴得几天都睡不着觉。

王成元到部队从事的是雷达专业。他刻苦努力,一年后在部队又考上了海军工程大学,上了军校研究生,提为副连级。

儿子进部队后,王能珍经常打电话或写信鼓励他成长进步。有一次,他在电话中说:"你在部队的表现我很满意,但还有一件事要跟你说。"

"什么事?"王成元问。

"入党。"

"我一定严格要求自己,向党组织靠拢。"

正是在父亲的鞭策下,王成元成为王家的第七个党员。因为表现突出,同年还被提升为副团级军官。

21 热心推荐三豹就业

> 我的人生词典　没有仇怨
> 博大的胸襟里
> 蓄着大爱的人间梦想

王能珍多年来有个习惯:家里贴挂毛主席或与毛主席有关的画像。

这些画像大多是乡里或村里发下来的。每发下来一张,他总是把新的贴上去或挂起来,家里墙不够的时候,他就把旧的小心翼翼地揭下来,像宝贝一样地珍藏起来。

女儿当老师口碑好,儿子能继承自己的事业,并且超越了自己,他觉得这是家门之幸,更是党对自己这个家庭的眷爱。

他深深意识到,爱国、爱党、爱家统一起来,就是一个幸福的党员之家。

这一天,他正在家里看毛主席画像、默默地回味着毛主席语录时,来了两个年轻人,他便和他们交谈起来,向他们介绍国家的发展经历。这时,电话响了。

"请问你是松园的王能珍吧?"

"是的,你是哪位?"

"我是镇里的干事,我想问一下,浙江台州的一个戴总你是不是认识?"

王能珍被问得很突然,怎么也想不起来,更不认识一个什么当老总的。

"他说他二十年前在你家住过,当时他是收破烂的。"

"哦,哦,是有这么个人,他……他是老总?"

"是的,他现在是个大企业家。"

"他怎么到这里来了呢?"

"他现在在我们这里投资,就在开发区。他每每都问到你,希望什么时候能见你一面。"

"哦,好好,什么时候都可以。"王能珍听说以前那个收破烂的成了企业家,非常高兴。

"那就今天吧,等一下有车来接你。"

"不用,不用,哪能麻烦人家呢? 我自己搭车过去。"

"戴总说了,一定要来接你。"

听说开发区搞得很好,王能珍早就想去转转,看看家乡芜湖县的变化,这下正好满足自己的心愿。

不到一个小时,一辆豪华的宝马停在了村口。

王能珍不认识这车是什么牌子,钻了进去,心里感激戴总的热情。

很快就来到了开发区,宽阔的工业大道,两边齐刷刷的现代化厂房,让王能珍目不暇接。

他被带到一家企业,高高的门楼,新建的漂亮厂房气象一新。

"家乡真是大变样了,有了这么多的企业,这么好的企业!"王能珍很高兴地感叹。

他被接到了总经理办公室。刚一踏进门,一位气质不凡的人迎面过来,紧紧地一把抓住王能珍的双手:"你就是王能珍王老五? 我是老戴戴金根,还记得我吗?"

"真的是你呀,怎么不记得! 了不起啊,现在是大企业家啦!"王能珍异常激动。

"那时我落难在你们村,是你'解救'了我呀,不然哪里有机会翻身啊! 我一直在打听你,你们村的名字改了啊!"

"是的,改名了,现在叫湾沚镇桃园行政村陀公村。"王能珍告诉他。

戴金根请王能珍坐下,聊着往事。

二十年前入冬的一天下午,天下起了毛毛雨,地面满是泥泞。一个挑着担子收破烂的男人在村子里转悠,想找个人家借宿。可是,他转悠了两家都被拒绝了。

天逐渐黑下来,他在村头不停地徘徊,显得很无助。

王能珍从外面回来,一看他狼狈的样子,便对他说:"天在下雨,到

156

我家躲会雨吧。"

"谢谢,谢谢,谢谢!"收破烂的一连说了三个"谢谢",便跟着王能珍回去了。

到了王能珍的家,收破烂的显得十分拘谨。为使他放松,王能珍便对孩子们说:"这个伯伯过来躲雨,你们没叫'伯伯'呢!"两个孩子一声"伯伯"后,收破烂的觉得遇到了一个好人,便放松起来。

"你是哪里人哪?"

"浙江台州。"

"浙江的?"王能珍有一种亲切感,"我在你们浙江当过兵,在舟山。"

"噢,舟山,舟山在我家东北边。"

"这么远到这里来收破烂太辛苦了。"

"没办法,家里穷啊,只能到处流浪挣点小钱糊口。"

这时付德芳回来了,见王能珍引来了个收破烂的,板起了脸。

"德芳呀,你猜他是哪里的? 他是浙江的。"仿佛浙江就是王能珍的家乡一样。

付德芳没有说话,进了厨房,忙着烧饭去了。

"当年我也想当兵,但错过了机会,我很崇拜军人的。"看到墙上王能珍当兵的照片,收破烂的说道。

"晚上在这里吃个饭吧。"天黑了,雨还是下个不停,王能珍家要开晚饭了。

"不不不。"收破烂的坚决推让。

"不要客气,浙江人对我来说就是半个老乡,老乡来了吃个饭算什么呀!"

"我有锅巴,有吃的,一会儿就走。"

"萍萍,你去给伯伯添个饭来。"王能珍吩咐着。

一会儿,王志萍将饭端到桌上来了。

"来来来,过来,不要客气。"王能珍把他拖上了桌子。

收破烂的盛情难却,端了碗饭,但要到桌下吃。王能珍又一把把他拉了回来:"真的不要客气,你坐在下面,我们坐在上面,我心里会不自在的。"

收破烂的只得听从。

"萍萍啊,家里还有点酒,拿上来,我来和'老乡'喝一杯。"

王能珍的盛情,让收破烂的倍感温暖,不知说什么好。

外面的雨哗啦哗啦越下越大。人不留人天留人。收破烂的多次起身要走,王能珍总是把他拉住说:"谁在外面不遇到困难的?今天雨是停不下来了,不嫌弃的话,今天就住在这里吧。"

晚上两人天南海北地聊了起来,越聊话题越多。王能珍知道了他叫戴金根,比自己大几岁,父亲参加过解放军。在戴金根很小的时候,父亲就因病去世了,家境贫寒。

戴金根从小也很有志向,但命运不顺。后来开始以收破烂为生,四海为家。两人谈得投机,晚上,王能珍在地上给他打了地铺,自己陪他睡,就像弟兄一样,有聊不完的话题。

没想到,雨一连下了几天,王能珍就一直把他留在家里。当时社会上流行结拜弟兄,两人越来越投机,最后还结拜了把兄弟。

当时,农村闭塞,对外人很警惕。村里人都担心这个老戴是骗子,王能珍却不以为然,多次对人说:"交人交的是心,要诚心待人。"

临走那一天,戴金根感动地说:"兄弟啊,你就像个及时雨,能遇到你这样的人真是我的大幸啊。将来我老戴如果能好起来,一定会好好报答你的。"

"老哥啊,你能住到我家,这是缘分,怎么说报答呢?这就见外了!"

王能珍心底无私，一点没有在意报答不报答。临走时，他给戴金根带了一些路上吃的，还给了他几块钱。戴金根含着眼泪依依不舍地离开了这个闭塞的小村子。

在改革开放的春风吹拂下，江浙一带很快发展起来了。戴金根回去后把家里的一块地给卖了，得到了一小笔资金，办了一个小企业，凭着他走南闯北的经验，企业发展得很快。

21世纪初，芜湖县的招商小分队来到台州。在朋友的牵线下，来到了戴金根的企业。戴金根一听说是安徽芜湖县来的，心里一热，前去找招商人员打听王能珍，可是没有结果。

他决定前去投资。他说："这些年，到我这里来招商的是一拨又一拨，我谁也看不上，就看上你们芜湖县，因为我对那里有感情。"

戴金根到了芜湖县后，一直就想找王能珍。无奈时间过去太久，加上村、乡的几次调整与改名，费了很大周折，通过方方面面的问寻，终于找到了。

"你现在家里有没有什么困难？"戴金根关切地问。

"我呀，还是那样，平平淡淡一生，没什么困难的。"

"没事的，我现在大忙帮不了，小忙还是能帮帮的。"

"没，没有。"

"你不要跟我客气，想当年我落难时你毫不嫌弃，让我在你家吃住几天，你知道吗，回去的路上我流过几次泪。"

"那不算什么的，我差点把那事都忘得干干净净了。"

"要不这样吧，你到我这里来，无论做点什么事，工资你说多少是多少。"

"不不不，你不要给自己添麻烦。"

"这样吧，先给四千月薪，到时再涨。你来给我管管我心里放心。"

王能珍一口回绝："我真的没什么文化,更没在企业干过!"

"就这样定了吧!"戴金根十分期待王能珍的同意。

面对盛情,王能珍站起来敬了戴金根一口酒,说:"老戴啊,我有自知之明。你要是真想帮忙,我也开个口。"

"你说,没事的。"

"我们村里有一个人,40多岁了,一直飘浮不定,本质不坏,就是有些懒散的毛病,现在大事做不了,只想找个工作挣个糊口饭。你这要是需要门卫什么的,考虑一下他。"

"没问题,只要是你推荐的都可以。"戴金根一口答应。

王能珍推荐的这个人就是三豹。三豹当年在社会上混,参与赌博输得精光,欠了一屁股债,因为没钱还让人狠狠地打了一顿,差点残疾,从此也就收敛了。因为过去的恶劣行径,没有人愿意帮他,最后落了个吃了上顿没下顿的境地。

村里有人听说了这件事,说:"他当初推你的井,打断你侄子的牙,还冤枉你,你怎么能帮他呢? 落到今天这个下场是他自找的,活该!"

王能珍笑笑说:"当初我也恨他,恨他身强力壮却不务正业。他到我家借米,我就是不借给他,因为他不值得借。可现在人家没有干活能力了,怎么能和他一般见识呢? 再说,他现在成了社会遗弃的人,我们大家都有责任。"

三豹很快就上班了,一个月两三千元,另外还有些补助。上班后,他就像变了个人似的,工作很认真。

第四部　魂归浪涛涛

1　宁波带孙子

苦难过后　一片晴朗

天伦之乐的时刻

初心还在　信仰依旧

2016 年的春节,王能珍过得很开心。一个没有家底的家,经过自己和妻子的努力,日子过得有滋味了。更主要的是女儿教书敬业,受到好评,儿子也积极进步,让他更加欣慰。

"德芳啊,我是发自内心感谢国家感谢党啊!"王能珍呷了一口酒,满意地说道。

"是啊,苦难日子总算熬出来了。你呀,现在就好好享受吧,儿孙自有儿孙福,少操心了。你一辈子家里家外没少操心,我过去不理解你,回头看看,还真佩服你。"付德芳坦率地说,"你们部队出来的人就是不一样,有胸怀,眼光长远!"

"我要感谢你啊,那么苦的日子跟着我,我总是东施舍西施舍的,换了一般人是容忍不了的。"王能珍也真诚地说道。

转眼到了桃花粉红的日子,王能珍对老伴说:"儿子打了几个电话来,说孙子想我,想我去接送他上学、放学,我想去看看孙子。"

不知怎么回事,王能珍这段时间十分想念远在宁波的孙子王近宇。

"孙子要你去,你就去吧,家里我照应着,去了好好和孙子交流交流,说不定你又培养了一个党员。"付德芳打趣着。

"哟,你还想得挺长远的。现在很多家庭的孩子太娇贵,我们王家啊,还是要按世代传承的一套去教育,家风不可丢。"

163

4月28日一早,王能珍坐长途汽车去宁波。临走时,女儿匆匆赶来送他。那天他穿了一件条纹短袖旧T恤,手拿着扁担,脚边放着两个油漆桶。

"去那边干吗还带两个桶,弟弟那边都有吃的。"王志萍舍不得父亲一路辛苦,有点埋怨地说。

王能珍笑笑说:"都是捕来的新鲜鱼虾,还有些蔬菜,纯天然的,城里吃不到。"

"爸啊,你一生儿女心这么重,就是没考虑过自己!"王志萍忍不住眼睛一阵湿热。

"考虑了你们就是考虑我自己啊!"王能珍说道,"你们懂事,理解我,我做点小事还不是应该的?"

车来了,王能珍急忙用扁担担起两个桶,腾出一只手提着行李包,几步跨上了车。

看着父亲苍老的背影,王志萍内心一阵酸楚,似乎有点想哭。她想,等父亲回来,一定要为他好好揉揉背,好好做一顿饭。

傍晚,王能珍顺利到了儿子的家。王能珍当时的部队在岱山岛,儿子的部队在宁波。两地一海之隔。

宁波是个很漂亮的城市,王能珍来这里以后,王成元多次要带他到一些景点好好玩玩,看看宁波的发展变化,他总是推说等一等。

王能珍每天和孙子在一起,享受着天伦之乐。

孙子喜欢骑在爷爷身上,像顽皮的小猴子,总是惹得王能珍哈哈大笑。

周一至周五上学,他承担孙子全部的接送任务。

双休日,他带着孙子到附近玩。在玩的过程中,他几乎把自己在部队经历的事情都编成了精彩的故事讲给孙子听,每当孙子为他的从军经历而自豪时,他都感到无比快乐。

有一次,王能珍讲到炮靶比赛训练,一个炮弹还在炮膛里没有发射,随时可能爆炸。

"那怎么办呀?"王近宇急了。

"爷爷向班长报告后,冲了上去,把炮弹拆了下来。"

"爷爷真勇敢!您当时不怕吗?"

"怕啊,可是一想到爆炸了,就有许多人都有危险,爷爷就顾不上害怕了。"

"拆出来后爆炸了吗?"

"我刚放到指定地点,它就爆炸了。"

"爷爷真了不起!"王近宇拥抱着爷爷,说,"长大了,我也要像您一样机智勇敢!"

王能珍心头一热,紧紧地抱着孙儿,激动地流着热泪:"我的小宇真懂事,我们王家后继有人啦,好家风代代传!"

这天吃饭的时候,小宇不小心将饭粒掉在桌上,便捡起来塞进嘴里。

"小宇,掉桌上的东西不能塞进嘴里,不卫生!"妈妈毛薇急忙阻止,"细菌进了肚子,容易生病的。"

"爷爷告诉我,要爱惜粮食,我们王家有家风,掉下的米粒都要捡起来,塞进嘴里吃下去。"

毛薇不说话了,看着王成元。

"小宇,爷爷那个时代掉下去的要捡起来,我们这个时代要讲卫生,不能塞进嘴里,你可以尽量不让它掉下去。"王成元说道。

"嗯,我知道了。"王近宇问爷爷,"爸爸说得对吗?"

"这次,我赞成你爸爸说的。"王能珍笑着说道。

在宁波的日子,一有时间,王能珍就伸长了脖子凑到墙上的地图上看,寻找那个让他魂牵梦绕的海岛,心情久久不能平静。

他的内心,还想到宁波对面的老部队去看看,圆自己一个多年的梦想。海岛岱山县,那是自己曾经战斗的地方,那里有自己的青春梦想,有自己与战友们的深厚情谊。

有时候,看一番地图后,他又把自己的包打开,小心翼翼地掏出那张发黄的照片,久久凝视着。这是一张他在部队和战友们的合影,也是他在部队留下的唯一的一张照片,这张照片仿佛比他的命还重要,走到哪里,他都带着。每一个战友的名字,过往的点滴,都映在脑中,挥之不去。

这天晚上,他做了一个梦,梦到和儿子、儿媳、孙子一起到了那个地方。他站在那个朝思暮想的营地,回想过去那段难忘的时光。醒来后,他感到无限的失落,眼里噙着眼花。

虽然无比渴望寻访,但他始终没有对儿子开口。他知道儿子是个军人,军务大于天,家事服从国事。

一个周末的上午,王成元对父亲说:"爸,今天我有时间,带您到酒店去吃。"

"什么?到酒店?不去,不去。"王能珍一口拒绝。

"爸,现在到饭店吃个饭是再正常不过的事,我们也有这个条件了。"王成元劝着。

"家里再有钱都没必要无缘无故去饭店,这就叫浪费,就在家里炒几个菜比吃什么都香,把这个钱省下来。"

"不是无缘无故啊,请您啊!"儿子和媳妇一起说道。

"我又不是外人,请什么啊?别浪费!"

"爸,这样吧,既然坚决不去饭店,就依您,那把省下来的钱给您买条香烟抽,这个您必须要听我的,也算是儿子的一点孝心。"

王能珍看着儿子的神情,只能让步,同意了。

　　"爸,老家的烟这里买不到,今天我给您买条其他的烟吧。"王成元征求父亲的意见。

　　"好,好！这次听你的。"

　　王成元非常高兴,准备出门买烟,王能珍又叫住了他。

　　"这样吧,你把钱给我,我带小宇出去玩玩,顺便买来。"王能珍生怕儿子又买贵了,急忙找了个理由对他说。

　　儿子高兴地给了几百块钱,并特别交代他说:"千万别买太差的,对身体不好。"

　　"听你的。"王能珍说完,带着孙子出去了。

　　王能珍给孙子买了许多学习用品,只给自己买了一条四块钱一包的盛唐牌香烟。这烟还是他转了好几个地方才买到的。

　　王能珍回来后,儿子王成元不满地说:"爸,您怎么又买这个,怎么一辈子总是想不开呢?"

　　"香烟本身就是有害的,什么牌子都不能多抽,我们那个时代都抽烟,我这是老习惯没改掉,过段时间要戒掉呢。"

　　"现在我们日子比过去好多了,您都老了,不要总是舍不得！"儿子苦劝着他。

　　"你们哟,不要以为生活好了一点就忘了本。想当年啊你爷爷在世的时候,我……"王能珍又要给儿子讲当年家里节俭的故事。

　　"爸,这不是忘本,社会是发展的,生活条件也要随着社会进步适度提升。"

　　"我觉得不必要浪费的就不能浪费。毛主席他老人家早就说过,任何时候都不要浪费一个铜板,他还说贪污和浪费是极大的犯罪。现在的年轻人啊,总是被时代的一些不好的现象迷惑。"王能珍振振有词地说,"拉动消费和节俭是两回事,节俭是永远不会错的,就是过了一千年也需要节俭。"

"爸爸,爷爷说得对,浪费是可耻的。"一旁的王近宇突然接过话茬说。

"你看看,我孙子都懂得这个道理,爷爷一教就明白了。"王能珍很高兴,摸着孙子的小脸高兴地说。

晚饭后,王能珍回到自己的房间,从包里拿出一些材料看了起来。

"爷爷,您这是看什么呀? 上面有故事吗?"小宇跑过来,把王能珍手里的材料一夺跑开了。

"宇宇,宇宇,你别撕了,这是村里给爷爷发的学习材料。"王能珍急了,一把抱住了小宇,将材料要了回来。

"什么东西呀,爷爷?"小宇问。

"这呀,爷爷告诉你,是'两学一做'材料,爷爷要好好学一学。"

"什么叫'两学一做'?"孙子满脸疑问。

"'两学一做'就是让爷爷这样的共产党员学习党章、学习习总书记的讲话,做一名合格的共产党员。"虽然知道孙子根本听不懂,他还是认真地解释着。

"不懂。"小宇摇着头。

"告诉你呀,你爷爷、你爸爸都是共产党员。希望你长大后也要像你爷爷、爸爸一样成为一名党员。"说完,王能珍又从包里拿出了一个红色的小本子。

"这是党章。"

"党章是什么呀?"小宇一个劲地问着。

"党章就是要求爷爷和爸爸按这个上面说的去做。"王能珍继续给孙子解说着。

"做了会怎样呢?"

"做了就会成为一个对社会有用的人。长大了,你也要像爷爷、爸爸一样成为一名党员,好吗?"

"嗯,好的!"小宇懂事地点点头。

2　雨中寻访旧部

雨中的山　雨中的泪
岁月的弦歌
演奏着　剪不断的思念

一晃已一月有余。这一天,王能珍又在翻看部队的合影,王成元推门进来了。

"爸,这个周末就到您的老部队看看去。"儿子面带喜色地说。

"什么,到老部队去? 好,好!"王能珍高兴得像小孩子过年一样,欣喜不已。

时光流逝,离开自己的部队已有四十多年了,王能珍非常想去看看,那里有许多珍贵的记忆,他需要去拾起。

5月28日,是一个星期六。这天早上,王能珍5点就起床了,准备重访旧部。

天却突然下起雨来,越下越大。王能珍有些担心,生怕儿子改变计划,担心这一次机会耽搁了就永远耽搁了。

"爸,今天雨再大我们也陪您去,风雨无阻!"王成元明白父亲的心思。

7点,王成元带上妻子毛薇和儿子小宇,一起陪着父亲出发了。坐上车,王能珍的心情极其复杂,往事如烟,留下的只有记忆和怀念。

169

几十分钟后,他们上了通往舟山的甬舟高速。雨小了,王能珍透过窗子看到宁波的发展变化,一路感慨着沧桑巨变。

看到气势恢宏的大桥横跨在茫茫大海上,王能珍看起来比孙子小宇还要兴奋。

"成元啊,这是到了哪里呀?以前我们过海是坐轮渡的。"

"爸,这是宁波到舟山的跨海大桥,叫金塘大桥,全长20多公里。"

"啊呀,我们国家真了不起,建起了这样一座大桥。我们那时到舟山要坐大轮,得颠簸几个小时呢。造这样一座桥,我们那时想都不敢想。成元啊,共产党真的伟大呀!"王能珍的眼睛湿润着,为今昔对比,为国家的强盛。

一个多小时后,他们到了舟山市的三江码头。

"爸,对面就是岱山了。"王成元指着大海的另一边对父亲说。

坐上大轮,看到波涛起伏的灰鳖洋海域,王能珍的心和大海一样起伏。

到了王能珍所在部队的大致位置,王成元事先联系的一位朋友,某部队的一位郭副站长已等候在那里。有熟人引路方便多了。

"我打听了您过去所在的部队,听说早已撤了,也没人能说出那个具体地址了。到了这里,您有没有一些确切的印象?"郭副站长问王能珍。

"四十多年了,我只记得有一个机场。"王能珍看了看连绵起伏的山,感觉什么也找不到了。

"这一带没有什么机场。"郭副站长说。

"这里有没有高炮部队?找到高炮部队可能就能找到机场。"王成元补充说。

"岱山的模星山,那里有个高炮部队。"

170

"不是,我们部队不在模星山。"王能珍肯定地说。

只能再找,他们一路找一路问。

找的过程中,王能珍突然来了记忆,大声地说:"这边,好像是往这边走的。"

车一拐,开到了一个小山洞边。

车停了下来,王能珍仔细地审视着这个山洞,突然兴奋地说:"啊呀,找到了,找到了,就在这里。"说完,他把手一指,"前面就是机场,就是我们那个机场!"

大家朝王能珍指的方向一看,那边都是山头。

"到底是哪个山头呀?"王成元问。

"我们三连在癞头山。"王能珍回答说。

可是他们没有一个人知道哪个是癞头山,只能叹息地摇了摇头。

"我只要站在机场就能知道哪个是癞头山,以前在山上能看到营房。"王能珍说。

一筹莫展之时,他们看到一个建筑工人。于是他们赶紧跑过去。

"师傅,请问对面山头是不是有房子?"王成元问。

"有。"

"是部队营房还是民房?"

"应该是营房。"

王能珍听说后非常兴奋,认为这下肯定找对了。他们下山后,又朝对面的山头爬去。

他们看到了一幢营房,一片平草地,另外一头还看到了荒废的炮位。王能珍啪地将双手一拍,眼泪禁不住哗啦啦地流了下来:"找到了,找到了,就在这里。"

眼前就是王能珍昔日的营部,来之前,他一直期望着老部队还继续存在,还能与新兵们叙叙往事。然而,眼前却是一片荒芜的萋萋杂草。

"以前不是这样的,不是这样的……"王能珍喃喃自语。

泪眼中,王能珍迫不及待地向营地奔去。仿佛来到了一个圣地,他在一个半足球场大的地方,转了将近三个小时,每个房间都进去看看,每个炮位都走过,拐拐角角,无一遗漏。

细雨纷纷,高而密的杂草早已将他的裤角打湿。幸福、痛苦、惆怅,都在雨水中化作万千思绪。他转了几圈后,又来到昔日向军旗、党旗宣誓的地方,回味当时宣誓的时刻,寻找最初的誓言,寻找一颗初心。

"成元,这是一炮位,这是二炮位,这是军药库……"他指着一个个地方向儿子介绍着。

王成元看到父亲找到了日日思念的地方,也为父亲感到高兴。

"爸,你们当时真不容易呀,在这上面建起了炮台营房。"

"我们刚到部队的时候,这里就是一个荒山头,房子都是我们用一块块石头垒起来的,那时我们都是那么纯真,干起事来没人偷懒。"

王成元不住地点头。

"哦,成元啊,你快下去把小宇也叫上来,看看爷爷当年当兵的地方。"

王成元立即跑下去,100多米的山头,他们很快就爬上来了。王能珍给孙子介绍起当年的故事。

"爸,时候不早了,我们该走了。"

听到儿子再次催促,王能珍特别难过,眼睛又一次湿润了。

"爸,我们来合个影,一起记住您当年奋斗的地方。"

"咔嚓、咔嚓、咔嚓——"郭副站长给他们照了好几张全家福。

离开岱山的时候,王能珍还是依依不舍地回望,对儿子说:"成元啊,今天我最开心,你带我到这里来比带我到故宫、长城玩还要让我高兴。"

3　暴雨肆虐江淮

可爱、美丽的家乡
你在哭泣
但愿我们的力量
擦干你的泪滴

进入 5 月份以来,江淮大地雨水不断。

到了 6 月份,强降雨一场接一场,似乎没有放晴的日子。天地间茫茫一片,全是雨水。

合肥受灾、芜湖受灾、宣城受灾,铜陵、池州、安庆、黄山等地也纷纷传来受灾的消息。

网络、电视、报纸等报道的都是洪水的消息,"告急""严峻""倒塌""破圩""失踪""水位在涨""暴雨持续""画面让人心碎"等字眼直揪人心。

同时,"众志成城""人间有爱""风雨之中见阳光"的抗灾报道也温暖着人心。

权威气象统计数据显示:自 5 月 1 日至 7 月中旬,安徽全省平均降水 690 毫米,超过同期 60%。

1998 年夏季,长江流域和嫩江、松花江流域发生特大洪涝灾害,至今人们仍心有余悸。

早在 6 月初,专家用大数据分析 18 年后的 2016 年,洪魔会再次来临,或许更凶,更猛。

中央气象台 6 月初表示，1997 至 1998 年的超强厄尔尼诺事件，导致了 1998 年夏季发生在我国的洪涝灾害。2016 年与 1998 年同为极强厄尔尼诺次年，又具有副热带高压异常强大、前汛期降雨偏多等相似的天气特点。

本次厄尔尼诺事件自 2014 年 9 月开始，至 2016 年 5 月结束，共持续了长达二十个月的时间，是六十年来周期最久的一次。

受超强厄尔尼诺影响，2016 年我国入汛早，降雨多，江淮、江南、华南、西南地区暴雨就进入不停歇的"车轮战"模式。入汛以来，全国十四个省（区、市）近一百五十条河流严重超过警戒水位。从天空俯瞰安庆、芜湖，就像是茫茫大水中的一片树叶在飘荡，让人揪心。

长江的洪峰一个接一个。位于下游南岸的芜湖县形势危急，人们的心揪得紧紧的，担心着特大洪涝灾害的发生。

芜湖县别名鸠兹、新芜，它历史悠久，公元前 109 年置县，境内名胜古迹众多。

芜湖县地处长江及其支流水阳江、青弋江和漳河交汇地带，境内水网密布，低山、丘陵零星分布，自古就是闻名全国的鱼米之乡。

暴雨让这个鱼米之乡经受着巨大的考验。连日暴雨不歇，雨势远远超出人们的心理承受范围。暴雨淹没了农田，雨雾遮盖了青山，阻断了出行道路。

青弋江、水阳江、赵家河等当地的一条条河流河水茫茫，大部分河流纷纷越过了最后一道红线——保证水位。但水位还在迅速上涨。

全县告急！美丽而壮阔的青弋江不再美丽，奔流的江水变成了肆虐的洪魔。

距离芜湖县城不到 10 千米的湾沚镇汪溪河濮阳圩的圩堤由于堤身比较单薄，岌岌可危。

汪溪河水位暴涨，水很快就要漫上来了。所有村民都把心提到了嗓子眼儿，面对这滚滚而来的洪水，他们哇一能做的事情就是与洪魔抗争。

一旦溃堤，将严重危及其他六个圩口七千亩农田和上千村民的生命和财产安全，对邻近的新芜经济开发区也会构成威胁。

村民组成抢险队，他们用沙土袋加高堤岸，下桩加固。为了阻止风浪冲击堤岸，他们拉起了防水布，防水布在狂狼的冲刷下纵横交错着。

每天晚上，必须有人巡逻大堤，排查渗漏。对于堤坝而言，一旦渗漏，在水压和冲击力的作用下，就会出现漏洞，进而导致溃堤。

"要是能珍叔在就好了，他闭上眼睛都知道哪儿会出现情况。"一个小伙子说道。

"别指望他了，他去宁波儿子那里，要等孙子放假才回来呢。"村小组长袁明新说道。

是啊，王能珍这个"水猴子"是最善于堵管涌的，他是濮阳圩的守护神。

从 1983 年芜湖县遭受洪灾开始，包括 1991 年和 1998 年的大水，每到汛期，三十多年来，在汪溪河上摸漏洞、插篓、打桩、下外障，王能珍都冲在最前面。

他熟悉濮阳圩的情况，也对它充满了感情，每次出现管涌，都是他潜到水下去堵。换了其他人，在水下都憋不了那么长时间。

许多次惊心动魄的险情，都是因为王能珍的出现而化险为夷。

这一次，暴雨不断，险情不断。王能珍不在，大家总感觉失去了依靠，没有底气和勇气。大家都在心里默默呼唤着："濮阳圩的守护神啊，你快回来吧！"

有王能珍在，大家心里才踏实。

4 "守护神"回来了

> 面对滔滔洪水
> 使命在你心头
> 不曾停留的步伐
> 让岁月有了丰盈的表达

打开电视,看到关于家乡滚滚洪水的报道,王能珍越来越不安。

6岁的孙子小宇是那么可爱,每天都把王能珍逗得十分开心。现在,他的内心却很焦虑,担心着濮阳圩。

无情的洪水撞击着他的心。

"成元,我要回去,今年家里的水有点不对头,看来濮阳圩有危险。"晚饭后,王能珍对儿子说道。

"爸,今年您到这里来了,家里的事您就不要操心,安心住在这里吧,小宇多喜欢您。"王成元劝道。

6月20日,王能珍又给家里打了个电话,听说家里的雨还是下个不停,再次要求回去,又被儿子、儿媳和孙子共同劝住了。

王能珍在客厅里来回踱着步,双手背在后头,右手的食指和中指快速地拨动。他牵挂着濮阳圩,如果圩口出了问题,自己却没能发挥一点作用,对他来说,这将是终生的遗憾,愧为党员之家啊!

"爸,家里的田已经被承包了,您担什么心啊?安心在这里再住段时间吧。"毛薇看他内心不宁,劝道。

"孩子啊,你不知道家乡的情况啊,我也不是担心家里那几亩田地,这濮阳圩要是破了,国家损失就大啊,即将收割的稻子、开发区、老百姓的房子、乡亲们的生命安全,都将受到威胁呀!"王能珍焦急地说道。

"您60多岁的人了,防汛有年轻人上啊!"毛薇还是宽慰他。

"村子里就我的水性好,了解濮阳圩的情况,我不去怎么行呢?"王能珍叹了口气说,"他们可能都在盼望我回去呢。"

"爸,您说得没错,这样吧,这是多雨季节,或许几天就过去了。"王成元说,"7月4日小宇就放暑假了,咱们一道回去,汛情过了最好,如果没过您就参加抗洪。"

王能珍没有说话,默许了。

王能珍放心不下,就打电话给老伴,早一次,晚一次,询问受灾情况。

6月27日晚上,他挂断老伴的电话,很坚决地对儿子说道:"我得回去,必须回去,我不放心!"

"爸,我们不是说好等小宇一道回吗?"王成元急了。

"不行,濮阳圩破了就不得了。"

"家里的抢险队都是年轻能干的人,要相信年轻人。"王成元再次宽慰着父亲。

"还真没哪个有我水性好。他们不是说我是汪溪河的'水猴子'吗?可不是乱说的,何况我又当过海军。明天就动身!"王能珍说得很坚决。

"我们还准备闲些时候带您去买件衣服呢。"儿子和媳妇一起说道。

"买什么衣服啊,够穿的。"王能珍说,"在老家,我夏天都是光着膀子,习惯了。我明天一早就回,你们谁也别拦我了,明天就算天塌下来,我也必须回去。"

王成元没再说什么了。他清楚濮阳圩的地理位置极其重要,防汛任务十分艰巨。

他为父亲收拾行李,发现也没什么东西,就几件衣服。突然看到一双鞋,王成元脸拉下来了:"爸,我又忍不住要说,您不要老思想太重,现在不缺吃不缺穿的,您干吗还是这样呢?"

原来,前些天毛薇买了一双新皮鞋,隐隐感觉这鞋有异味,考虑到健康问题,穿了五六次后便扔到垃圾桶里去了。

王能珍看到二三百块钱买来的鞋没怎么穿就被扔掉,觉得可惜,便把它捡回来了。

"这么好的一双鞋子,扔了多可惜呀!"王能珍说。

"这个有异味,穿了可能对身体不好。"王成元告诉父亲。

"你们哪,真是好日子过多了,这么好的鞋你们不穿,我带回去给村里的小女孩穿。"王能珍立马想到了村子里的几个贫困家庭。

"不行,不行,这鞋有异味,带给人家穿不好。真需要,我们就给她买双新的,您带去。"毛薇不同意。说完,她又把那鞋用袋子扎起来扔进了楼下的垃圾桶。

王能珍见儿媳这么说,没讲什么,但他心里却相当纠结,对于这样的浪费行为怎么也接受不了。待儿媳离开后,他又悄悄地跑到楼下将鞋子捡回来了,并用一个新袋子扎好藏了起来。

王成元又要把鞋子扔了。王能珍把脸一沉,说道:"你们说有异味,城里房子密不透风我理解,可带回去给农村孩子穿怎么不行呢?农村地方大,房子都是通风漏气的。"

王成元只得依了父亲。

6月28日一大早,王能珍就出发了,带着他的行李和那双鞋。王成元突然想到特意给父亲买的六十斤杨梅酒,便对他说:"爸,您最爱喝的那杨梅酒还一口没喝呢,怎么办?"

"家乡发这么大的水,你说我能喝得下去吗?"

"这样吧,我送上车,到家时我再叫姐姐来接您,带回家喝吧。"

"算了算了,大水茫茫,带回去我也没心思喝。留在这里,以后再来喝。"

车子开动了,王能珍向儿子挥挥手,说道:"把小宇照顾好!"

王成元站在那里,热泪盈眶。莫名地,一股不舍在心中涌动。

瓢泼大雨下个不停。王能珍冒雨赶到家,老伴也不在家。他便把行李丢在屋檐下,穿上雨披,拿起门口的一把锹直奔濮阳圩去了。

王志萍收到弟弟的短信,得知父亲已经坐上了回家的客车,她心里掠过一丝埋怨:你身体不好,又这么大年纪了,干吗非要回来?

埋怨归埋怨,父亲已离开家两个多月了,心里还真有些想他,于是她便给正在路途上的父亲打电话,告诉他自己将到下高速的路口去接他。可打了多少次,一直都没有人接。她来到高速路口等了半天,但阴错阳差没接到人。

"看,好像是'守护神'来了!"村民组长袁明新说道。

"是他,是他!"大家显得很兴奋。他们二十多人守护着濮阳圩最危险的3.5千米处的一段。责任重大,他们立下的誓言是"人在堤在"。

"你这个不怕死的王老五,在儿子那好好的,怎么回来了啊?"桃园村党总支书记梁文友对走近的王能珍说道,"你胃溃疡,五分之四的胃被切除,年纪也大了,不比当年啊!"

王能珍呵呵地说道:"这么大的水,我王老五哪能安心?现在回来了,我就是抢险队的一员。"

从这一晚开始,王能珍加入了巡堤的队伍,他拿着手电筒,扛着铁锹,穿着胶靴,沿着汪溪河边,仔细地察看每个点。

他们轮流巡堤,每一次出行都是一个多小时。轮到其他人员出巡时,王能珍总是叮嘱他们要注意哪些地方。

累了,他们就在鱼塘边的小棚子里休息一会。

这是一个狭小的棚子,又闷又热,蚊虫嗡嗡地叫个不停。雨声、涛声不停,堤坝之下,就是自己的家园。

"王老五回来了,'守护神'回来了!"大家奔走相告,仿佛看到了希望。

一连数天,大雨滂沱,天空像是被捅破了,看不到放晴的希望。

夜晚的圩堤更加漆黑。王能珍干瘦的身影走在泥泞里,旁边的年轻人想要搀扶,却被他一把推开。他一路巡堤,一路讲述着防汛常识,如何下外障、如何倒渗,手把手去教年轻人。

这天夜里,轮到几个年轻人巡堤,忽然发现了渗漏,他们急切地扔沙袋。可是一袋一袋扔下去,渗漏却越来越大。

望着水面茫茫一片,年轻人绝望了,雨声、叫喊声交织在一起。

堤坝上,手电晃动,所有人都格外紧张。

王能珍跑了过来,脱下雨衣跳了下去,一会儿,露出头来,说道:"给我沙土袋。"

他又沉下去,两三分钟过后浮了出来,抹着脸上的水问:"可堵住了?""咦,不渗了,真是神啊!"大家感叹。

"现在你们往外围扔袋子巩固。"王能珍说着爬上了岸。

"夜里凉,赶紧去换件衣服吧。"袁明新对他说道。

"我还不能走,你们不清楚确切位置。"王能珍坚持与大家一起,最终把险情控制住了。

一连几天,王志萍都来看父亲,想为他做顿饭,却总是没有见到他的身影。

5 殊死抢险

滚滚洪流 惊涛骇浪
忘我的奋战
将军魂擦亮

6月底至7月初的连续几日,老天更是像铆足了劲一般,疾风暴雨。平均每天降雨量达到100至150毫米,几天的累计降雨量就达到正常年份平均年降水的一半以上。

7月1日,芜湖市防汛指挥所发出紧急通知:未来36小时内全市防汛抗洪形势将更加严峻。目前,长江芜湖段已超过警戒水位,险情在不断扩大,汛情在不断蔓延,广大干群和驻芜部队、预备役人员正在奋力抗洪、抢险救灾。预计未来36小时内,强雨带仍位于沿江一带,全市仍将有暴雨、局部大暴雨天气,江河水位将持续上涨,加之青弋江上游陈村水库超过汛限水位且已经发出开中孔泄洪预警,全市有可能发生上有陈村水库及徽水下泄、下有长江高水顶托、本地强降水及高底水"三碰头"的最不利局面,全市防汛抗洪形势将更加严峻。

市防指要求:每个县区都要做最极端情况的预案!

7月2日上午,芜湖县防汛抗旱指挥部召开紧急会议,决定自7月2日8时起,启动芜湖市防汛应急预案Ⅱ级响应。

7月6日晚,大雨继续肆虐,一片汪洋,有的地方水位很快就要漫过堤埂了,一些单薄的堤埂更是岌岌可危。

濮阳圩上,河水已漫到上塘坝,淹过人的脚踝。塘坝那头,上千亩水稻已进入成熟期,一千多名居民正在圩内。

湾沚镇桃园村党总支书记梁友文内心十分不安。当晚,他再次召开紧急会议,部署突发性抢险工作。

"梁书记,突发性抢险我也要参加。"王能珍本没有被通知开会,是中场自己进来的。

"老王,今年这样的事你就不要参加了,你做过手术,又患有椎间盘突出,连日来在圩上已经很疲劳了。"梁友文劝着,他内心清楚王能珍的性格,干起事来不要命,生怕他出意外。

"这样的大事我不能袖手旁观,我请求加入。"王能珍说,"我是一名老党员啊!"

"不同意,不同意。"大家都怕他身体吃不消,坚决表示反对。

拗来拗去,老王最终还是上了前线。

当晚8时,王能珍披上雨衣出门巡堤。直到7日上午7时,有人来换他,他才拖着疲惫不堪的身体回家休息。就在王能珍刚回去的7时26分,濮阳圩张村巷西埂发现了管涌,洪水涌入地势低洼的村庄。情况十分危急,堤内的水面就像煮稀饭一样翻滚冒水。踩着烂泥在雨中奔跑抢险的村民们失望地说:"水太大,救不了!"

身后是一万亩即将成熟的庄稼,是六千多名居民的生命财产,是省级开发区的数百家企业! 危急时刻,村党总支发出了防汛抗洪的最强音:"只要有一线希望,我们都要保住家园!"

在圩区,管涌俗称"翻沙鼓水"或"泡泉"。在汛期水位高时,圩堤内平地上出现翻沙鼓水的小孔洞,孔洞四周形成沙环。管涌多发生在沙性土基础的堤段,即在外河水位高时,渗水通过堤基的沙层从内堤脚冒出,并带出细沙。严重时会淘空堤基,导致溃决。

防汛期间,管涌是破圩的最主要方式。管涌险情出现后,须立即除险,当地除险的方式是反滤导渗和蓄水反压。针对这种管涌的情况,首先要进行的是蓄水反压,大家俗称"打桩踩篓",也就是在冒水孔的周围打桩,垫彩条布、垒土袋,筑成围井,靠围井内水压力制止管涌发生。原理是缩小内外水头差,减小渗透水压力,防止堤基泥沙被带出。

这个工程复杂而艰难,特别是垒土袋是从水底开始垒起,需要人潜入水下一袋一袋送下去码放好。挖土、灌土、装袋、运送,几十个人用了几个小时拼尽了全部的力气将"井"从水下围出了水面。

就在大家松了一口气的时候,由于水流大,"井"的一侧哗的一声被冲倒,四五十个土袋被冲入河流之中。

管涌在继续扩大,水流在加速。时间拖长了很可能会造成塌方和圩堤的坍塌。时间就是生命。梁友文急得全身直冒冷汗,嗓子早就喊哑了。他冲在最前面,指挥人员继续战斗。

就在这时,一个声音从人群中传来:"你们方法错了,土袋应该横着垒,这么大的水流,侧着垒墙怎能不倒呢?"

大家注目一看,原来是王能珍。

"王老五,你不才回家休息吗?怎么又过来了?"老村支书张朝秀对他说。

"眯了两三个小时,突然听人说西埝出了险,赶紧就过来了。"

"他们经验不行,还是我下去吧。"王能珍将衣服一脱,穿个裤头就要往下冲。

考虑到年龄和身体,大家坚决不让他下水。

王能珍没办法,只得在上面指挥。下去的三个年轻人一直垒到中午,还是没完成。因为水流太急了。

"你们三个快上来!再这样搞下去,濮阳圩要毁在你们手上。我有经验,我来!"王能珍急坏了,这时谁也拦不住,他一个纵身跳了下去。

几十位村民忙作一团,他们挖土的挖土,填袋的填袋,向水面运送的

183

运送。王能珍接到一个土袋就是一猛子,潜入水下将百余斤重的土袋摆放规整,确保一袋一袋压实了,不被水流冲垮。

这一回,王能珍潜水二十多次,一个多小时后,终于将倒塌的侧围重新垒出了水面。

根据专家们的结论,他的工作量相当于正常状态下连续爬楼梯约四个小时。

看到被毁的围井重新被建好,汗流浃背的梁友文悬着的心终于落了下来,他急忙将一点力气都没有的王能珍拉了上来。

"老王啊,这防汛没有你还真不行啊!这个管涌你立了大功啊!"梁友文感激地夸赞。

"赶快吃点饭回去休息吧,铁人也受不住你这样不要命地干啊。"张朝秀心疼地说。

王能珍因体力消耗过大,坐在地上休息。有人送来一盒饭,他接过来,一时感觉吃不下。休息一二十分钟后,他端起饭吃起来。因为胃不好,只吃了约三分之一,就吃不下去了。他用衣服将剩下的盒饭包了起来,沿着围埂朝家走去。

他太疲劳了,需要好好休息。

6　献身洪水

一颗滚烫的心
给了我们无限力量
你倒在冰冷河水中
撑起一片安全的天

返程途中，王能珍对这个圩埂还是放心不下，便对圩堤的关键部位又进行了认真检查。在他走出三四十米靠近斗门的地方又发现一处斗门漏水，导致水流不断下灌，形成了一个旋涡。

斗门是穿堤建筑物，一旦发生险情，极有可能导致堤坝溃破。王能珍大呼："这里又有险情！"话音刚落，其他人还没赶过来，他就纵身跳入5米多深的洪水中。

其他抢险人员赶了过来，王能珍浮出水面，喘着粗气说："这个漏洞很危险，水流比较大，我王老五都差点没出来！"

大家发现水性极好的王能珍，这次出水时没能像往常一样直上直下，而是有些发飘，体力明显已经透支，赶紧说："你休息一下，让其他人上。"

"不行，他们不懂！"

为了确保斗门万无一失，在此之前的几日，村里就开始封斗门，在斗门处用8米的大彩条布垫底，并在彩条布上压了三挖掘机的土。原本以为万无一失，没想到还是出现管涌了，漏水量相当于一千五百瓦电机的排水量。

王能珍上来后，公认水性好的三胖子抢着下去探测水下洞口。不到一会工夫，他就满口喷着水气喘吁吁地冒出头来。

"乖乖，这洞口太大，吸力太大了，我差点被吸进去了。"三胖子把脸上的水一抹，惊恐万分地说。

接着又有人下去，但身子还没全部落入水中，强大的旋涡产生的吸力就把人吓回来了。

有人用根竹竿撑下去，搞了半天也没办法操作。

接着，又有人绑了绳子下水，一会儿又上来了，还是不行。

"别把时间给耽误了，还是我下去吧。"面对一个个束手无策的村民，王能珍顾不得自己的过度劳累，又要往水里跳。

老书记一把拉住了他："不行,你刚刚在那边抢险,体力还没恢复,这样的水你不能再下去了。"

"休息了好长时间,没问题了。"王能珍回答。

"不行,水的吸力太厉害,不能下去。"三胖子也一把拦住他。

"这样的管涌,过去我也见过。水和电一样,其实没什么可怕的,你了解它了,它便服了你。"王能珍很自信,执意要往下跳。

"光身下去会有危险的。这样吧,你还用这根竹竿下去吧。"老支书见没办法劝住,便将竹竿递给他。

王能珍把竹竿接过后一扔："不需要的,这样子干不好事。"

他再次跳入凶险而冰冷的河水中。水面上激起的旋涡慢慢消失了,岸边无数双眼睛齐刷刷地盯住水面,心里无限焦虑。

管涌靠近斗门,事关整个濮阳圩的安危,一旦不能及时堵住,漏洞很快便会越来越大,以致河堤垮塌,整个圩口便会白浪滔天。

此时,管涌已成拓开之势,在河边形成一个不小的下水旋涡。这样的管涌必须立即找到漏洞,然后将泥袋一袋袋送进去,堵住口子。

一般水性不好的人靠近这样的管涌,很可能就会被水卷进去,有生命危险。王能珍心里非常清楚,他对这"涌"的威力很是了解,但他没有害怕。

他知道不能害怕,时间长了,濮阳圩的危险就大了。

虽然是 7 月初的夏天,但汛期的水下异常冰冷,一股寒气自脚底袭来,王能珍拼尽力气一个翻跟旋转,头朝下向水底扎去,只几秒钟的时间他的双手便着了地面。

在这样的水下,即便你是海军,水性再好,旋涡产生的力量也让人很难沉下去。王能珍再次沉下去,双手抓住水底的淤泥或石块向有水涌出的方位寻找。

在水下摸了近两分钟,他就找到了大致位置。这时,他实在坚持不住了,在一股突然的上浮力推动下,不得不浮出了水面,从偏离位置一两米的水面露出头来。大家都看得出来,濮阳圩的守护神这次真的体力不支了。

王能珍爬上岸,显得有些颓丧。他一屁股坐在地上,定了定神,哆哆嗦嗦地从裤子口袋里翻出一支烟点了起来。

"刚刚堵了一个口子,你的体力不行了,还是我和三胖下去吧!"袁明新见他不堪重负便说道。

"是的,堵前面那个管涌你已在水下干了一两个小时,就是神仙也坚持不住啊!"一个70多岁的老人声音有些哽咽,"换个人吧!"

王能珍没有说话,吧嗒一口,一股青烟从烟头腾起。

管涌处水下渗的汩汩声似乎更大了。大家焦急万分。袁明新迅速脱掉衣服,就要往水里跳。王能珍一把拉住他:"还是我来吧,刚才已经探得差不多了,比你熟悉。"说着把剩下的三分之一的烟头往泥土中深深一掐,站了起来,不由分说地再次跳了下去。

水面激起的浪花和旋涡很快被流动的水打消,显得幽深、冷峻。大伙儿眼睛都不眨一下,期待着这位老人能很快找出准确位置后浮出来。

一分钟过去了,王能珍没有出来;两分钟过去了,王能珍没有出来……

所有的人都屏住呼吸,期待王能珍能出来,期待他带来好消息。

"老王体力不支了,会不会……"袁明新有点担心地咕哝一声。

"应该没事吧,他这个'水猴子'在水里能换气,两三分钟应该没问题的。"有人回应着。

三分钟又过去了,王能珍还是没出来。

大伙儿的心都要跳出来了,世界显得格外寂静。

"水性再好也不可能还不上来呀!"经验老到的老支书担忧地说。

"不行,赶紧提拉彩条布,要出大问题了!"时间过了三四分钟的时候,所有人都在祈祷:老王别出意外!

"一、二、三——"大家齐心协力,铺在埂坡上防塌方的彩条布被从水中抽出了三分之一。

"一、二、三——"所有人一个咬牙,一个猛使劲,彩条布拉出水面三分之二。此时,一个让人惊恐的画面出现了,一只脚现了出来。

"老王,你别有事啊——"袁明新大声吼叫起来,其他的人也跟着大哭。巨大的哭声似要震塌濮阳圩堤。

被彩条布半裹着的王能珍被全部拉出了水面。他双目紧闭。有人跳进水中,将他抬了上来。

王能珍头发里是泥,嘴里、耳朵里全是沙子,让人看了心如刀绞。凭着经验便知道,王能珍一定是摸到洞口了,但因为体力不支,被水吸入洞口,可能有彩条布的阻挡才没被吸进去。

梁文友挥着眼泪给他洗了洗身上的泥,同时指挥人给他脱水。大家发现他的肚里居然没有一口水。然而,人却没有醒过来。

"老兄弟呀,你快睁开眼给我看看,别把我也吓死哟!"随着村民张朝秀的嚎哭声,所有人都大哭起来。眼泪飞进汪溪河,飞进急速的管涌旋涡中。

濮阳圩在摇晃,濮阳河水在呜咽。

"能珍、能珍! 老五、老五……"任凭怎么呼唤,王能珍还是没醒。

一向温顺的汪溪河,此刻在疯狂地汹涌着、奔流着。

天突然黑下来,水天难分。暴雨又要来临了。

"赶紧送医院!"有人大声呼喊着。

才几米宽的圩堤上,烂泥一陷多深,众人赶紧将他抬到了一条船上。有人将他的衣服也带上。衣服里剩下的是一块钱和一包还未抽完的盛唐牌香烟。

十几分钟后,王能珍被送到县医院。

圩堤上,大家立即行动起来,组成了"敢死队"。他们一个个冒着生命危险跳入水中。

暴雨如注,十几个汉子在水中吆喝着,互相鼓劲,将生死置之度外,豪情震撼天地。他们沿着王能珍下水的地方找到了漏洞,奔跑着传递沙袋、下桩、拉彩条布……经过几个小时的顽强奋战,管涌终于被堵住了。

大家挂念王能珍,心里都默默为他祈祷。

医院里,心电图做完以后,医生对众人摇了摇头。

王能珍走了,没来得及和这些天天生活在一起的乡亲们说上最后一句话,他永远地闭上了眼睛……

7　深深的思念

你静静地走了
留下说不尽的思念
留下唱不完的赞歌

天阴沉沉的,雨下个不停。

女儿王志萍听到父亲离去的消息,带着母亲疯狂地跑到医院。

她一下扑到父亲的身上,声泪俱下,呼天抢地:"爸呀,说好了,我要好好做顿饭给你吃,你怎么就不给女儿这个机会啊? 爸呀,弟弟给你买的杨梅酒,你还没喝一口啊……"

村支书梁友文站在一边,泣不成声。随着这个老哥的离去,他心中仿佛倒了一座山。他深深地自责,觉得太对不住这位忠贞不渝的老党员、老抗洪英雄。

189

距桃园村只有几千米的长岗村老战友许道清一路哭着跑过来,对着突然离去的老战友半天回不过神来,泪水纷飞。在军营的三年里,他们一起成长,一起入党,在人生最好的年华里结下了深厚的友谊,怎舍得这突然间的离去,来不及说上一句话?

桃园村的村民也都纷纷赶来,悲痛在心,一个个哽咽无语,只是想最后看一眼这个村里的好人。多少个朝朝暮暮,他热心地帮助大家,维护着村子里的正义。失去了他,失去了一位好人,村里也将失去一位榜样,失去一位乡村道德的维护者。

就在这一天傍晚,远在宁波的儿子王成元突然接到一个电话,是七叔打去的。七叔告诉他父亲病重,让他回来一趟,并强调一定要把妻子、孩子都带回家。

听到这话,王成元立刻明白,家里发生了大事。速速请完假,开车接妻儿回家的路上,眼睛已经完全被泪水淹没。

一路上,王成元泪流满面,他恨不得一秒钟就能赶到家。毛薇一看情况不对,立即接过方向盘自己来开。

四五个小时后,他们赶到芜湖县。

"姐,在哪个医院?"王成元含泪问,他想父亲一定很危急,但内心还存有一丝希望。

王志萍泣不成声:"弟弟啊,不是医院,是殡仪馆,你们来殡仪馆看父亲吧,看深爱着我们的爸爸!"

王成元瞬间哭了出来,不停地呼唤:"爸,爸!"

在这里,王成元见到了父亲。然而,再也不是那个话语里常常闪耀着真知灼见的带着说笑的父亲,而是父亲的遗体,他躺在那,神态安详。

王成元的到来,让付德芳、王志萍更是哭成泪人。

王成元扑通跪在父亲身边,抚摸着他的脸。父亲的身体一片冰凉。

他轻轻地掀开父亲还未来得及换的上衣,清晰地看到父亲干瘦的肚子上,一根筷子一样长的疤痕——那是多年前做胃切除手术留下的。王成元趴在父亲的身上,忍不住再次号啕大哭……

夜深人静,王成元守在父亲的灵堂前。关于父亲的点点滴滴都在脑中浮现,他感谢上苍,赐给自己一个这么好的父亲,可又为什么突然召走? 父子都来不及说上一句道别的话!

父亲身体一直欠佳,早年胃病,晚年还患有腰椎间盘突出、高血压等一身毛病,但他从不言苦,不言放弃。生活条件好一点的时候,同龄的很多老人都颐养天年,以打麻将、小赌打发时间,他却不曾碰过一下,说玩物只会丧志。

虽然家庭条件一直不好,但因为父亲的乐观,一家人是那么幸福! 孩子们生日的时候,他肯定会准备两个煮鸡蛋和一碗面条,鸡蛋和面里承载着如山一般的父爱;他在汪溪河里捕鱼摸虾,让孩子们的童年有滋有味。

虽然是一位普通的农民,但他信仰坚定,始终以自己是一名共产党员、一名老兵而感到光荣和自豪。一本《毛泽东选集》和党章始终是他的心爱之物,干完农活回来还常常点着煤油灯夜读。

"我是党的人,要听党的话""我是毛主席的战士",在这个时代,多少人觉得这是格格不入的话语,他却发自肺腑地坚持着、践行着。

一生闲不住,总是爱劳动。他常常说,劳动创造价值,实践出真知。两个孩子从小就跟随他学习除草、插秧、收割等。在劳动中,他培养了孩子们坚毅的品格和踏实的作风,让他们懂得了父母的艰辛,拥有了一颗感恩的心。

王成元含泪说道:"爸爸,我因为驻地太远不能在你们二老身边尽孝,您知道我心意后还亲自打电话告诉我,自古忠孝难两全。您养育我,就是想让我成为对国家、对社会有用的人,而不是养儿防老。正是您的话让我安心,给了我强大的信心,让我扎根部队,献身国防。父亲,您就是我心中的太阳!"

"王能珍的离去我早有预感,他今天不在这件事上离去,就要在那件事上离去,因为他是个哪里有危险就往哪里跑的人。"村里的张大爷感慨地说,"他从来不考虑自己,他不懂得自私,哪怕一点点啊!"

周边十里八乡的村民得知王能珍走了,都哭诉着回忆起他的言行,他所做的许多不为人知的好事一件件浮了出来⋯⋯

8　时代先锋

站起来　是一座脊梁
躺下去　是一座丰碑

王能珍的事迹不仅感动了老百姓,也感动了地方各级领导干部。

他去世后不久,时任芜湖市委副书记、市长潘朝晖,市委常委、政法委书记张峰,市委常委、宣传部长段玉嘉,时任市委宣传部常务副部长江汛,芜湖县委书记黄维群,芜湖县政府县长韦秀芳,县委党委、宣传部长赵继红,县委常委、湾沚镇党委书记刘晓明等带着悲恸前往桃园村探望王能珍的家属,他们从内心敬佩这个一辈子对濮阳圩不离不弃的抗洪英雄,敬佩他对党忠诚,大公无私。

在王能珍精神的感召下,大家日夜防守,众志成城,危在旦夕的濮阳圩终于保住了,6000多人的生命财产保住了,1万多亩即将成熟的庄稼保住了,省级开发区的数百家企业也解除了被洪水淹没的危险。

芜湖大地上传颂着王能珍的英雄事迹。面对特大洪水,大家不屈不挠,顽强拼搏,终于战胜了洪魔。

芜湖县委书记黄维群对抗洪中的人和事、艰与苦,感触最深。得知王能珍为抗洪牺牲,他落下了热泪,深情地说:"什么叫初心不改,深情爱党?看看王能珍的所作所为就明白了。关键时刻挺身而出,点滴中折射光辉,他的壮举不是偶然的。因为,他一贯热心助人。王能珍的事迹感天动地,给了我们强大的精神感召,他的身后紧跟着千千万万的后来者。"

芜湖县委、芜湖市委先后追授王能珍为"优秀共产党员"。

7月11日,时任省委宣传部副部长、省文明办主任贺懋燮顶着高温风尘仆仆地赶来,代表省文明委向王能珍的亲人颁发了"安徽好人"荣誉证书。

7月13日上午,芜湖市、县主要领导潘朝晖、黄维群等前往芜湖县殡仪馆,参加王能珍同志的遗体告别仪式。陀公村及周边村认识王能珍的村民都自发赶来,送这位好人最后一程。

7月23日,中共安徽省委正式追授王能珍为"全省优秀共产党员"。

7月29日,"中国好人"榜单公布,王能珍当选"见义勇为中国好人"。

8月3日下午,时任中共省委书记王学军、省长李锦斌、省委副书记李国英等省领导在合肥接见了王能珍的妻子、儿女。

王学军说,王能珍同志是在全省"两学一做"学习教育中涌现出来的先进典型,在面对严峻的抗洪抢险形势、人民群众生命财产遭遇重大威胁的关键时刻,拖着病躯、不畏牺牲、不怕困难、冲锋在前,以舍生忘死的精神奋战在抗洪抢险第一线,以实际行动树起了新时期合格共产党员的标杆,以生命之躯在抗洪堤坝上扬起了鲜红的党旗,在他身上集中展现了一名共产党员的崇高品质和光辉形象,是全省广大党员干部学习的楷模。

中央媒体和省、市媒体记者得知王能珍的事迹后,都十分感动。他们怀着崇敬之情,听取乡邻们饱含深情地再现着王能珍生前的点滴。他那种对家国深深的爱,质朴而深沉,深深地打动着每一个人。

8月,第16期《求是》杂志封二"时代先锋"推出醒目的标题——濮阳圩的"守护神"王能珍。

9月8日,安徽省政府正式批准王能珍为烈士。

青山含悲悼故人,江河呜咽哭忠魂。汪溪河昼夜不停地流着,诉说着赤子的故事,永不休止。

9 英雄一路不孤单

> 骨骼中 有钢的坚强
>
> 意志中 有铁的坚定
>
> 你的形象被历史定格
>
> 后来者有了奋进的力量

王能珍走后,由芜湖市、县联合成立的王能珍报告团将王能珍的英雄事迹进行整理,在芜湖县举行了首场报告会。

报告会上,王成元、王志萍、梁友文及芜湖广播电视台新闻综合频道副总监徐晨星、记者周璨等五位报告团成员,用真挚的情感、质朴的语言,从不同角度,生动再现了王能珍朴实而光辉的形象,展现了王能珍践行宗旨、不忘初心的点滴,反映了芜湖广大军民和干群抗击洪魔、众志成城的精神,引起了听众的强烈共鸣。

由芜湖县黄梅剧团排演的黄梅戏《王能珍》也在安徽大江南北巡回演出,王能珍的故事温暖着人心。

付德芳始终觉得丈夫还没走。往事总在她眼前浮现。那时家里常常没有电,丈夫始终准备着一样东西,那就是他用了多少年的手电筒。

每天自己睡觉的时候,丈夫总是记得把手电筒放在床头。付德芳因身体原因常常夜里起来小便,只要她一起身,丈夫就迅速爬起来,一手扶着自己,一手打着手电筒,一束光亮照亮漆黑的屋子。那一束光就像一个守护神,一直照了自己大半辈子,直到他离开为止。

最不能抑制自己悲伤的是女儿王志萍。过去只要那刚劲有力、脚踩门口石板的声音传来,她就知道父亲回来了。可这些天,除了在梦里,再也没有听到过那熟悉的声音。父亲一生总是挺着、扛着,一生总是为别人想着,这一次,却没有挺过这一坎,只将不尽的思念永远留给了女儿。

七弟王能静常常悄悄地抹着眼泪。他手捧当年五哥参军回来带给他的那顶白色的海军帽,恭恭敬敬地站在哥哥的遗像前说:"五哥,我作为您的七弟,为您骄傲! 如果有来世,我们再做好兄弟!"

受五哥军旅生涯的影响,1982 年 10 月,王能静初中一毕业就到部队当兵。在部队当兵的三年里,他一直以五哥为榜样,刻苦训练,努力学习,连续六次受到部队嘉奖,被评为优秀团员、优秀班长,并光荣地加入了中国共产党。复员回乡后,他当上了村干部,牢记五哥的教诲,克己奉公。2014 年,有个村级水利兴修项目,王能静家门口有一个小池塘也在扩挖,王能珍知道后,立马赶过来说:"不能用公家的钱给自己挖塘口。"得知七弟是自己出钱请人挖塘清淤后,他才高兴地离开。

远在山西省的老班长郝庆禄在新闻上得知王能珍牺牲,一时陷入巨大的悲痛之中,他舍不得当年积极追求上进的好战士。几天来,他夜不能寐,无数往事一下子涌现到眼前,提笔含泪写了一封书信。

郝庆禄是山西太原清徐县人,1969 年参军。王能珍入伍后,郝庆禄是他的班长、连队党支部委员。他在唁函中说:"第六独立营这支部队继承了革命传统,纪律严明,战斗作风过硬,能吃苦,能打硬仗。在部队服役三年多,作为王能珍的入党介绍人,我见证了他的一言一行,见证了

195

他取得的每一点成绩,每一个进步。

"记得能珍初到部队时,常常拿出他们全家四代人的全家福,给战友们讲述他家三十多口人在一起生活,在一个大锅里吃饭,同甘共苦、和睦相处的幸福生活。这样的良好家风,让王能珍骨子里养成了一种待人和蔼、吃苦耐劳的道德品行。他经常帮助人,从不因琐事与人争执,工作中总是把困难留给自己,把荣誉让给别人。"

王能珍走后,由安澜作词,张承宪作曲,女高音独唱的《抗洪英雄王能珍之歌》,唱响了大江南北——

> 暴雨倾盆
> 洪流滚滚
> 啊!王能珍
> 你千里赴危难
> 夜雨圩堤巡
> 怀中抱土袋
> 潜水堵漏洞
> 惊涛面前无惧色
> 九天九夜顽强拼
> 一见斗门纵身跳啊
> 英勇献身化永恒
> ……

红红的太阳缓缓升起,它预示着新的美好的一天将要来临。夏日的风中带着松园泥土的芬芳。

鲜红的党旗在风中飘扬。

许道清、陶传文等战友缓步走来,将手中的鲜花静静地放在王能珍的墓前,深深地向这位敬爱的老兵敬了一个军礼……

后　记

　　在那个暴雨肆虐的夏天,抗洪英雄王能珍的事迹深深地感动了我。因工作关系,我一步步地了解了他的成长历程,了解了他平凡而又伟大的一生,深受震撼之余,萌发了为他写书的念头。经过几个月的采访创作,初稿完成,后几经打磨,终于正式出版。

　　该书之所以取名"初心",是因为书中的主人公王能珍43年来始终不忘初心,深情爱党、爱国、爱家乃至爱身边的每一个人,体现了坚定的党性、执着的大爱。作为一名军人,他做到了坚守信仰、苦练本领、保家卫国的坚定;精神病患者家的房子被暴风雨掀了,他明知军纪如铁,仍然紧急上前抢修,做到了解他人之难时的坚定;孤寡老人家深夜失火,他虽然重病在身又极度疲劳,却义无反顾地冒死灭火、救人,做到了在挽救他人生命财产损失时的坚定;寒冬季节,村里的女孩落入水中,他带病纵身跳入冰冷的水中,做到了奋不顾身时的坚定;在洪流滚滚的防汛大堤,他有无数个理由可以退在后面,但作为一名党员,在紧急时刻,他一次次纵身跳入急流,做到了舍生忘死时的坚定……

　　王能珍的一生不知默默做了多少这样的事。在人们的眼里,他所做的这些事都不是什么惊天动地的大事,大都是平凡、琐碎的小事,而这些看似不起眼的小事串联起来就构成了他不平凡的人生。这个人生释放的就是"初心"。

王能珍曾说过，我是党的人，就要听党的话，勤俭节约，艰苦奋斗，时时处处做个有用的人。

王能珍同志的这种精神，不仅感动了周边无数村民，也感动了各级领导同志。因此，本书的采访和创作，得到了芜湖市委宣传部、市文联、市作协，芜湖县委、县政府、县委宣传部、县文广新局、县广电台、县文联、县作协、县评协，湾沚镇党委、镇政府等单位及有关领导同志的重视和支持。特别是当时全程主持王能珍同志事迹报告会，对他的事迹特别熟悉的时任芜湖市委宣传部常务副部长，现任芜湖市教育局长的江汛先生对此书的创作给予了特别的重视，百忙之中挤出时间审看了初稿，提出了很多很好的指导性意见。芜湖市文联副主席、市作协主席李莉莉女士一直关注本书的创作和出版，也提出了一些指导意见。一同参与王能珍同志事迹报告会工作的芜湖县委宣传部张致林同志在材料的采集以及相关方面也给予了特别多的支持。他们对本书的关心也像王能珍同志的精神一样，释放的是一种大爱，是初心。作为王能珍同志事迹的撰写者，我在这里对他们的关心和厚爱表达最诚挚的谢意，愿以此书作为爱的回应。最后也特别感谢周玉冰先生对本书创作的帮助，感谢安徽文艺出版社的领导和编辑的辛勤付出。

此外，需要说明的是，书中所涉少数人物为化名，某些情节因创作需要作了适当处理，请勿对号入座。

崔卫阳

2017.11.20

附　录

王能珍：平凡中孕育伟大

王能珍遗物(一)

200

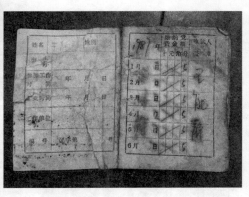

王能珍遗物(二)

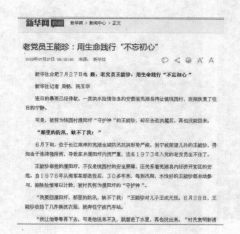

王能珍牺牲后,媒体纷纷报道他的感人事迹(一)

王能珍牺牲后，媒体纷纷报道他的感人事迹(二)